나를 닮은 사람

Authorized translation from the Japanese language edition, entitled
俺に似たひと
ISBN 978-4-260-01536-3
著：平川克美
published by IGAKU-SHOIN LTD., TOKYO Copyright ⓒ 2012

Korean language edition published by IASO PUBLISHING Co., Copyright ⓒ 2015

반드시 만날 나의 '미래'와 1년 6개월의 동거

나를 닮은 사람

히라카와 가쓰미 지음
박영준·송수영 옮김

이음

제 1 장

어머니의 죽음

이야기라는 형식

나는 지금부터 '나를 닮은 사람'에 대해서 이야기하려 한다. 여기서 '나를 닮은 사람'이란 한 달 전쯤 돌아가신 내 아버지를 말한다.

나는 본가로 돌아와 1년 반 동안 아버지를 간병했다. 매일매일 아버지를 위해 밥을 짓고, 목욕시키고, 머리 손질도 해드리며, 대소변으로 더러워진 옷을 빨았다. 그전에, 다시 말해서 간병 생활을 하기 전까지 사실 나는 아버지와 대화다운 대화를 나눈 적이 없었다. 또 나는 아버지가 무엇을 하고 계신지, 어떠한 기분으로 하루하루를 보내는지에 대해서도 거의 아는 바가 없었다.

물론 아버지가 하시는 일은 알고 있었다. 아버지는 결혼하자마자 사이타마 현 야시오 촌 반바에서 오타 구의 변두리 마을로 이사했다. 나는 아버지가 주민자치회 회장직을 오래 하신 것과 뛰어난 프레스 금형 장인이며, 읍내에 있는 작은 공장의 사장인 것도 알고 있었다. 하지만 내가 아는 바는 고작 이 정도이며, 그 이상의 것, 다시 말해 아버지의 내면세계에 관해서는 전혀 아는 바가 없을 뿐만 아니라 특별히 흥미도 갖지 않았다.

쇼와시대(1926~1989년까지 일본 연호 - 옮긴이)의 아버지라면 누구든 구시대의 전형적인 아버지상에서 자유롭지 못하리라 생각한다. 아직 가부장제의 흔적이 짙게 남아 있는 시대의 아버지를 친구처럼 대하는 일은 물론 불가능했다. 그렇다고 존경의 대상이 되기에도 무언가 조금은 부족했다. 지금에 와서 생각하면 그 '무언가'란, 예컨대 학력이라든지, 사회적 지위라든지, 대개 하잘것없는 것이었다. 하지만 인물을 평가하는 데 그러한 지표밖에 갖지 못한 아이에게 내 아버지는 존경의 대상이 될 수 없었다. 존경의 대상은 학교나 책 속에서만 존재했다. 만약 당시 아버지에 대해서 무언가를 더 알고 싶었다 해도 어른의 내면세계를 천착하거나 헤아리는 일은 가능한 일이 아니었다.

내가 아버지에 대해서 알고 싶다고 생각할 때는 이미 아버지가 아무 말씀도 할 수 없는 상태에 이르렀을 때였다. 가족이나 자신이 만든 공장에 대해 어떤 생각을 가졌는지, 왜 그토록 주민자치회 활동에 집착한 것인지, 어머니를 여읜 후 어떠한 기분으로

나를 닮은 사람

생활하셨는지, 그리고 빠른 속도로 압박해오는 늙음과 죽음을 어떠한 심정으로 마주했는지에 대해 이제부터 구체적으로 이야기해보고자 한다.

이 글은 87세로 세상을 떠나신 아버지에 대해서, 그 마지막 1년 반 동안 내가 파악한 그의 내면에 관한 이야기인 셈이다. 물론 그것이 사실이며 진실이라는 보증은 없다. 인간의 내면세계라는 것은 제대로 들여다볼 수도 없고 형체가 있는 것도 아니기 때문이다.

나의 내면세계조차 미지의 영역이며 파악이 불가능하다. 프로이트는 무수한 임상 데이터를 기반으로 이 어둠의 가장 깊은 곳까지 파고들어 그것을 관찰하는 데 헌신한 사람이다. 그렇게 해서 발견한 것이 '무의식'이었다. 프로이트는 히스테리 환자를 치료하면서 심적인 상처가 어디서 기인하는지 파고들었다. 그 끝에서 발견한 것이 아무것도 없는 것(의식의 부재)의 존재였다.

아무것도 없는 것이 있다.

정신분석의가 아닌 나로서는 프로이트가 발견한 이 '무의식'에 대해서 뭔가 분석하거나 임상적인 내용을 충분히 설명할 수는 없다. 단지 죽음 직전에 아버지의 '의식'이 그에게 어떤 생각을 하게 했으며, 무엇을 말하게 하였는가, 그리고 그의 욕망이 어떠한 형태로 표출되었는가에 대해 내가 기억하는 한 기술할 수는 있다.

아버지는 임종 순간까지 섬망譫妄이라는 반각반수半覺半睡 상태의 고통을 겪었다. '고통을 겪었다'는 것은 곁에서 지켜본 내 심정이고, 아버지한테는 그것이 살아 있는 현실을 의미했는지 모른다. 따라서 아버지가 이야기한 것은 살아 있는 내 현실의 시간과는 동떨어진 것이며, 공간도 꿈속에서처럼 자유로이 확대되거나 왜곡되기도 했다. 요컨대 무엇을 말하는 것인지 의미가 명확하지 않은 것이 많았다. 그러나 그 의미가 불분명한 말의 단편에 아버지의 무의식이 묵화처럼 번지며 드러난 것이 아닐까?

그런 아버지 곁에서 시중을 들면서 나는 늙음의 의미(지금까지 그런 것을 생각한 적도 없었지만)에 대해서 깊이 생각해보았다. 늙음에 대한 이해도 점점 깊어졌다.

지금부터 기술하는 것은 아버지의 '과거'이다. 이는 또한 그의 자식인 내가 언젠가는 조우해 똑같이 좌절하거나 곤혹스러워하면서, 극복하거나 완전히 굴복할 '미래'의 모습일 것이다. 다시 말해 아버지가 늙어가는 모습은 내가 늙어가는 모습이기도 한 셈이다.

따라서 이하의 글은 '나를 닮은 사람'의 이야기이다. 이야기라는 형식으로밖에 표현할 수 없겠다고 말한 이는 내 오랜 친구인 우치다 다쓰루(철학 연구가이자 사상가, 번역가 - 옮긴이)다. 실로 내가 경험한 1년 반이야말로 이야기하지 않을 수 없는 '시간'이었다.

어머니의 입원

2009년 늦여름 무렵부터 어머니는 다리와 허리가 아프다고 자주 말씀하셨다.

이 이야기는 2009년 말부터 시작해 2011년 6월 아버지가 숨을 거두기까지 약 1년 반이라는 짧은 기간에 일어난 사건이 중심이다. 그사이 어머니의 입원과 그에 따른 본가 개축, 어머니의 죽음, 잇따른 아버지 입원이 있었다. 본가는 간병 용도로 또다시 개축이 이루어졌다. 이후 나와 아버지 두 사람만의 생활이 시작되었다.

앞서 이 글을 하나의 이야기라 했지만 그렇다고 뭔가 특별한 장치가 있는 것은 아니다. 단지 어느 한 인생의 만년에 대한 관찰이며, 동시에 고령화 사회에 들어선 일본의 현실에 대한 사적 고찰이다. 글은 대단히 개인적인 체험이나 이는 누구에게나 찾아오는 현실이기도 하다.

2009년이 끝나갈 무렵(12월 20일), 어머니가 너무나 갑작스레 먼 여행을 떠나셨다. 향년 83세였다.

처음은 대수롭지 않은 사고였다. 나는 그날 밤 오사카에서 강연이 예정돼 있었다. 강연 시간이 다 되었기에 휴대전화의 전원을 끄려는 순간 벨 소리가 울렸다. 밖으로 나와 전화를 받으니 어머니가 현관 끝에 발이 걸려 넘어져 대퇴골이 골절되었다는 전언이었다.

"이제 곧 강연이 시작돼요. 오늘은 돌아갈 수 없으니 내일 아침 신칸센을 타고 올라가는 대로 병원으로 가겠습니다. 잘 부탁드려요."

전화를 준 이종사촌 형에게 그렇게 말하고 전화를 끊었다.

나의 일 가운데 하나인 라디오 녹음이나 오늘과 같은 강연 중에 종종 휴대전화 전원을 끄는 것을 잊어버리곤 하는데 공교롭게도 언제나 그 순간 전화벨이 울린다. 보통은 거의 울리지 않다가 울려서는 안 될 때 울리는 것이 휴대전화의 속성인 것인지. 처음부터 나와는 궁합이 잘 맞지 않는 편이다. 단순한 우연이랄까, 이런 일이 반복되면 그것이 뭔가를 암시하는 것이 아닌지 생각

나를 닮은 사람

하게 된다.

전원을 끄기 직전에 울리기 시작한 그날의 전화는 암시라기보다는 조금 더 적극적인 것을 내포하는 것 같았다. 불안 또는 불길한 징조라는 편이 맞을지 모르겠다. 그런데도 아무 일 아니라는 듯이 청중에게 "어머니께서 골절상을 당하신 것 같습니다. 중상은 아닌 듯하니 당장 돌아갈 필요는 없습니다"라고 말하고 강연을 시작했다.

다음 날 오사카에서 올라오자마자 곧바로 도쿄의 병원으로 부랴부랴 달려갔더니 어머니는 웃으시면서 "일냈다"고 하였다. 이전에도 허리가 아프다, 무릎이 아프다고 해서 몇 차례 통원 치료를 받으신 터라 차제에 다리와 허리를 치료하시라고 말씀드렸다.

순간적으로 '혹시 어머니가 이대로 집에 돌아가지 못하는 것은 아닐까?' 하는 느낌이 가슴 한쪽을 싸늘하게 지나갔다. 어디까지나 '어쩌면' 하는 마음이었다. 노인이 일단 자리에 몸져누우면 어지간해서 다시 일어나기 힘들다는 것을 익히 들어왔고, 그 원인이 허리와 다리 골절상인 경우가 많다는 사실을 알고 있었기 때문인지 모른다.

다음 날 나는 의사에게 불려갔다. 치료법에 관해 상의할 것이 있다고 했다.

내용인즉 대퇴골 골절에 한 가지 까다로운 문제가 있다고 했다. 골절된 뼈의 일부가 으깨져 대퇴부를 절개해 골절 양 끝을 볼트로 연결해야 하는데, 접합할 부위의 골밀도가 낮아 볼트를 지탱하지 못할 수 있다는 것이다. 그래서 접합 부위 양 끝을 시멘트 같은 것으로 채워 연결하는 방법을 시도하겠단다. 골다공증에 관해서는 아는 바가 많지 않았지만 노인의 뼈가 약하다는 것쯤은 감각적으로 충분히 이해했다.

어머니는 사이타마 현에서 손꼽히는 염색집(곤모토라는 상호를 대면 소카 역에서부터 택시가 데려다준다) 넷째 딸이다. 어릴 적부터 몸이 약한 데다가 전쟁이 발발해 식량 사정도 결코 좋지 않았다.

어머니는 편식이라기보다 식습관 탓인지 칼슘을 충분히 섭취하지 못하는 식생활을 했다. 내가 배 속에 있던 때는 내내 단 과자만 먹었다는 이야기를 들은 적이 있다. 어쨌든 식량 사정도 어지간한 부자가 아닌 한 일본 전역이 너나없이 배를 곯던 그런 시절이었다.

그런데도 항상 원기 왕성한 모습만 보여주어서 남들 눈에는 건강하게 비쳤을 것이다. 어머니는 대범한 성격에 한시도 쉬지 않고 바지런히 움직였으며, 큰 소리로 웃고, 절대 약한 소리를 하는 법이 없었다.

우리 부모 세대, 다시 말해 현재 85세가량의 노인들은 후대에 비해 확실히 우직하고 통이 크지만 신체적으로 전쟁 전과 전시에 성장기를 보냈기 때문에 영양 면에서 핸디캡을 안고 있다. 다만 정신력만큼은 지금 세대가 상상할 수 없을 정도로 강인하다. 특히 이 세대 여성들의 생계를 꾸려가는 '근성'은 지금과 가히 비교가 되지 않는다.

나는 1950년에 태어났는데 1950년대 중반까지 일본의 가족구조는 여전히 장자상속, 권위주의적 봉건제도가 강하게 남아 있었다.

어머니는 여름이나 겨울이나 매일 새벽 5시에 일어나 공장 주변을 말끔히 청소하고 아침을 준비하셨다. 공장에 기숙하는 직공과 출퇴근하는 직공들이 일을 시작하기 전에 만반의 준비를 해놓았다. 나는 한 번도 이불 속에서 주무시는 어머니의 모습을 본 적이 없다. 내가 기억하는 한 새벽부터 늦은 밤까지 뒤에서 한평생 일만 하셨다.

대퇴골 골절로 입원하셨으나 내 기억에 어머니가 다치거나 병때문에 누운 적은 한 번도 없었다. 이번 입원이 어쩌면 시집와 처

음으로 갖는 휴식이었는지 모르겠다. 골절상 때문에 입원한 것
이 휴식이라니, 어처구니없는 상황에 나도 모르게 쓴웃음이 나
왔다.

장시간의 수술

다이니게이힌 국도변에 위치한 구급병원은 근대적인 대형 병
원이 아니고 지역에 뿌리를 내려 작고 친근한 분위기였다.

며칠 뒤 병문안을 갔더니 어머니는 "여기가 천국이야"라며 찡
긋하셨다. 당연한 일이지만 세끼 식사에 목욕까지 이것저것 보
살펴주는 병원이 일만 해온 어머니에겐 분명 천국과도 같았을
것이다.

의사에게 설명을 들은 다음 날 수술이 진행됐다. 1시간 정도
예상한 것이 의외로 난항이었다.

나와 아내, 큰이모와 이종사촌 형은 수술이 시작된 저녁 8시부
터 수술실 앞 의자에 앉아 무사히 끝나기를 노심초사하며 기다
렸다. 도중에 수혈이 필요해 수술실 문이 몇 차례 열리고 수혈용
혈액이 안으로 들어갔다.

"가엾게도……." 큰이모는 몇 번을 중얼거렸다.

나는 도대체 어디가 잘못돼 수술이 지연되는지 걱정스러웠다. 앞서 말한 의사의 설명에 따르면 수술 자체는 큰 어려움이 없으나 위험한 것은 합병증이며, 경우에 따라서는 생명에 치명적인 위험이 있을 수 있다고 했다.

대기하는 동안 불안감이 점차 커졌다. 수혈 거부 반응이 일어난 것이 아닐까? 대퇴골을 열어보았더니 분쇄 골절 상황이 예상 외로 복잡해서 접합이 원활하지 않은 것일까? 무엇보다 장시간의 수술을 노인인 어머니가 잘 견뎌낼 수 있을까?

네 사람은 아무 말도 못하고 그저 불안한 시간이 천천히 흐르는 것에 몸을 맡기는 수밖에 없었다. 거의 한계에 이르렀다고 생각될 즈음 수술실 문이 열리고 의사가 나와 "끝났습니다" 하고 보고했다. 수술은 까다로웠지만 성공했다고 했다.

어머니는 마취 상태로 주무시고 계셨다.

수술 후 경과는 순조로웠다. 어머니의 병실은 6인실이었는데 살펴보니 모두 비슷한 연배의 노인들이었다.

매일 누군가 병문안을 와서는 내내 시끄럽게 했다.

하루는 아내와 함께 문병을 마치고 돌아가려는데 같은 병실의 할머니가 가지 말고 당신 이야기 좀 들어달라며 하소연했다. 아내에게 너무나 간절히 호소해서 차마 뿌리칠 수가 없었다. 할머니의 병명은 모르겠으나 아무튼 아무도 찾아오는 사람이 없어 쓸쓸하다는 내용이었다. 며느리에 대한 길고 긴 험담이 이어졌다.

"댁들은 참 착해. 나는 아무도 안 와. 버림받았어……."

그날 이후 어머니를 문병할 때는 옆 환자가 신경 쓰여 웃거나 즐거운 기색을 자제했다.

의사는 2주일 정도면 퇴원할 수 있을 것 같다고 했다. 일전에 언뜻 '혹시 돌아오지 못하시는 것은 아닐까' 하던 불안이 기우였다고 안도했다. 이때는 아버지도 아직 정정하셨다. 집에서 2킬로미터 정도 떨어진 병원까지 몇 번이나 걸어서 문병을 오셨단다. 아버지는 중요한 일은 무엇이든 혼자서 결정하는 독단적인 타입이다.

불행한 퇴원

어머니의 안색도 좋고 표정도 밝아져 금방이라도 퇴원할 것 같았다. 슬슬 퇴원 이후를 준비해야겠다고 하는 참에 의사로부터 상담할 일이 있다는 연락을 받았다. 무슨 일이냐고 물으니 "출혈이 멈추지 않는다"는 것이었다.

"상처가 아물지 않습니까?"

나는 엉겁결에 되물었다.

그렇지는 않았다. 자궁에 출혈이 있는데 그쪽은 본인의 전문 분야가 아니라며 대학병원을 소개했다. 그곳에서 정밀 검사를 받아보라고 했다.

며칠 후 나는 소개장을 들고 초현대적 시설의 대학병원에 휠체어를 탄 어머니를 모시고 갔다.

비가 부슬부슬 내리는 쌀쌀한 아침이었다. 대학병원 대합실은 진료를 기다리는 환자로 넘쳐났다. 접수처에 소개장을 넘기고 어머니에게 "꽤 기다려야 할 것 같아요"라고 말한 뒤 가지고 온 책을 펼쳤다.

그런데 1시간이 지나고 2시간이 지나도 이름을 부르지 않았다. 대기하는 동안 어머니가 발이 저리고 컨디션도 좋지 않다고 하셔서 긴 의자에 눕히고 다리를 주물렀다. 양 발목 위가 땡땡 부어 한눈에도 힘드실 것이 느껴졌다.

어머니는 돌아가자고 했지만 도대체 어디로 가야 할까? 이전 병원으로 돌아갈 수도 없다.

접수처에 몇 차례 어머니의 상태가 좋지 않다고 알렸건만 원하는 답변은 돌아오지 않았다.

3시간 정도 경과하고 기다리던 환자가 모두 사라진 뒤 비로소 어머니 이름이 불렸다. 결국 마지막 환자가 된 것이다. 기다리는 동안 의료진이 한 번이라도 상태를 보러 와주었으면 좋으련만 하고 얼마간 병원을 원망하였으나 나름대로 사정이 있겠지 하며 스스로를 납득시키는 수밖에 없었다.

이름이 불렸을 때 이미 어머니는 지쳐 녹초가 된 상태였다.

한 차례 증상에 대한 설명이 끝나고 커튼 안쪽에서 자궁 상태를 검진했다. 그런데 들어가자마자 바로 "이거, 심각한데. 즉시 입원 준비를……" 하는 소리가 들렸다.

간단한 검사를 받을 요량으로 찾았는데 숨 돌릴 새 없이 수속이 진행되고 그대로 입원하게 되었다. 말기 자궁경부암이라고 했다. 갑작스러운 병명에 나는 정신이 혼미해졌다. 어머니는 알고 계셨던 것일까?

그러고 보니 10년쯤 전에 배변이 힘들어 치질 수술을 받았다는 얘기를 들은 적이 있다. 치핵 속에서 암세포가 발견되었다고도 했다. 며칠 입원했을 텐데 내게는 연락도 하지 않고 조용히 퇴원하셨다.

"암 따위는 내 기력으로 이겨낼 테니 두고 봐라" 하시고는 실제로 며칠 만에 퇴원하신 이후 암에 대한 언급이 일절 없어서 나는 그저 완치되었다고 생각하였다. 그때의 암과 이번 증상이 뭔가 관계가 있을까? 도대체, 말기 자궁경부암이라니.

나는 늘 어머니에게 미안한 마음이었다. 어머니의 병에 대해 아무 근거도 없이 그저 괜찮다고 대수롭지 않게 여겼다. 실제로 만나면 어머니는 혈색도 좋고, 목소리도 크고, 늘 웃고 계셨다.

그럼에도 어머니는 몇 번이나 전화를 하셔서 집안 좀 살피러 다녀가라 하셨다. 일이 바쁘기도 했지만 마주하기 불편한 아버지를 만나는 일이 껄끄러워 마지못해 한 달에 한 번 방문하는 것이 고작이었다. 본가에 머무는 것도 1~2시간 정도였다. 앞으로 부모님을 돌볼 생각이 있는지 추궁당하는 것을 내심 피하고 싶은 것이 아마도 가장 큰 이유일 것이다.

'앞으로⋯⋯.'

분명 여러 가지 어려운 문제가 닥칠 것이다. 가능하면 당장은 생각하고 싶지 않다, 최대한 뒷일로 미뤄두고 싶은 마음이었을 것이다. 그간의 경위와 심리적 갈등에 관해서는 뒤에 다시 상세히 쓸 예정이므로 여기서는 언급을 줄이겠다.

다만 그 시점, 다시 말해 어머니가 입원하기 직전 본가의 상태가 내가 생각한 것 이상으로 위험했음을 나중에야 깨달았다.

80대 중반의 노부부 두 사람의 생활에 대한 나의 상상력은 완전히 무력했거나, 혹은 상상력이 발휘되는 것 자체를 거부하는 마음이었다.

어쩌다 본가에 들르면 어머니는 바닥에 드러누워 있고, 아버지는 식탁 의자에 앉아 아무 말도 없이 내내 텔레비전만 보는 광경과 맞닥뜨렸다. 귀가 어두워지고 매일 장 보는 것도 힘겨워 음식다운 음식을 만들지 못하던 어머니와, 어머니가 만든 음식이 맛이 없고 하는 말이 오락가락 도통 무슨 뜻인지 모르겠다고 불평하는 아버지의 모습이 있었다.

넥타이 매는 법도 잊어버렸다는 아버지가 초라한 모습으로 텔레비전을 시청하는 광경은 어쩌면 한 가정의 살아가는 활력이 고갈되었음을 누군가에게 신호하는 것이었는지 모른다. 나는 그것을 더 빨리 알아차렸어야 했다.

병원을 옮긴 뒤 어머니의 증세는 날로 악화되었다. 의식이 뚜렷하지 않은 날이 이어지고 음식을 잘못 넘길 수 있어 금식 결정이 내려졌으며, 손에 구금용 장갑이 채워지고, 거친 숨을 몰아쉬었다.

"더 이상은 힘들겠다." 평생 강인하던 어머니가 처음으로 나약한 소리를 했다.

그 며칠 뒤 일요일, 어머니는 허망하게 저세상으로 떠났다.

나를 닮은 사람

제 2 장

쓰레기 저택

아버지의 선물

어머니의 입원을 계기로 여기저기 허물어진, 지어진 지 50년 된 본가를 수리하기로 했다. 아버지는 집을 수리하는 데 소극적이었지만 지금 상태로는 어머니 퇴원 후 간병이 힘들다고 설득하자 마지못해 승낙하셨다. 당시엔 간병 용도로 개조된 본가를 어머니가 아니라 아버지 본인이 사용하리라고는 전혀 예상치 못했다. 그것은 아버지도 마찬가지였을 것이다.

나의 굼뜬 성격은 필시 아버지에게 물려받았을 것이다. 일단 마음먹으면 철저하게 하지만 몸에 스위치가 켜지기까지가 늑장이다. 신중한 것이라고도 할 수 있겠으나 실은 게으르다는 편이 더 맞을 게다. 그러나 이번 일만큼은 더 빨랐으면 좋았으리라. 후회란 나와 무연한 것이라 여기며 살아왔으나 이번엔 빨리 서두를걸 하고 절실히 후회하였다.

본가 개조는 오랜 세월 어머니의 소망을 들어주는 아버지의 선물이라는 의미가 있었다. 그러나 어머니에게 드리는, 필시 처음이자 마지막이 되었을 선물을 그만 어머니 생전에 건네지 못하고 말았다.

어머니가 입원하던 당시 본가는 매우 심각한 상태였다. 북쪽으로 나 있는 부엌의 위아래 선반에는 전국의 잡동사니를 다 가져다놓은 게 아닌가 싶을 정도로, 이전은 물론 이후로도 한 번 사용할 일 없는 냄비며 솥, 찬합, 접시, 칼 따위로 가득 채워져 있었다.

가스 온수기의 가스관은 비닐 테이프로 감겨 싱크대 위에 그대로 노출되어 있었다. 싱크대 밑 수납장을 들여다보니 냄비와 솥이 빽빽한 안쪽의 널벽이 썩어 거무튀튀했다. 부엌 구석의 벽도 벗겨진 채로 떨어져 구멍 나 있고 그 구멍으로 바깥 불빛이 스며드는 지경이었다. 그러니 집 안 곳곳에 항상 쥐가 들끓었던 것이다.

한 달에 한 번 방문하던 어느 하루는 아내가 부엌에서 비명을 질렀다. 잠깐 시선을 돌린 사이 식탁에 놓아둔 토마토가 조각칼로 긁어낸 것처럼 파인 것이다.

"쥐야!"

도시에서 자란 아내로서는 시궁쥐가 집 안을 돌아다니는 일은 상상할 수도 없는 것이었다. 그러나 아버지와 어머니는 태연하게 "있어, 작은 놈들이 꽤 많이" 하고 말씀하셨다.

현관과 바로 이어진 거실에 앉아 있노라면 때로 천장에서 뭔가 부스럭거리며 움직이는 기척이 들리기도 했다.

"뭔가 이상한 게 있는 거 아녜요?" 하고 물어보면

"아마 쥐일 게다. 일전에도 때려잡았지" 하고 아버지가 대답했다.

노인 둘이 사는 곳엔 으레 쥐가 들끓는 건가, 열악한 주거 환경이 애처로웠다.

집수리는 대규모로 진행되었다. 지은 지 50년이나 된 2층 목조건물이다. 파손된 곳이 많아 거의 재건축이라고 해도 좋을 만큼 손볼 데가 많았다.

마루와 천장을 모두 걷어내고 바닥에는 마루를 깔고 벽지도 모두 새로 발랐다. 부엌에서 2층으로 가는 곳곳에 보행 보조 수단인 난간을 만들고 욕실은 욕조뿐만 아니라 아예 전체를 새롭게 바꾸었다. 북향의 부엌은 동쪽으로 위치를 바꾸어 시스템키

친을 들였다.

개축하는 동안 어딘가 아버지가 계실 곳이 필요했다. 안채 가까이 있던 공장 자리가 지금은 아버지가 관리하는 아파트로 바뀌어서 일단 그곳으로 급히 피하기로 했다. 아버지는 공장을 폐업한 뒤 신용금고에서 돈을 빌려 그 자리에 1층 2실, 2층 3실의 작은 아파트를 지었다.

이름은 서니 하이츠, '해 뜨는 집'이다.

야성적인 가창력으로 인기를 끌었던 애니멀스(영국의 5인조 록밴드로 1960년대 비틀스와 함께 큰 인기를 끌었다―옮긴이)가 노래한 '해 뜨는 집'은 뉴올리언스의 창가娼家를 표현한 것이라고 한다. 본가의 아파트는 그저 시대에 뒤떨어진 도쿄 외곽의 싸구려 건물일 뿐이어서 차라리 '석양이 지는 집'이라는 이름이 더 어울린다.

전후에 이곳으로 옮겨와 공장을 세우고, 주민자치회를 만들고, 회장으로 오랫동안 지역 활동을 해온 아버지는 이 '서니 하이츠'라는 이름에 어떤 심경을 담은 것일까. 은퇴 후 수입을 목적으로 세운 아파트에, 말하자면 일시적이긴 해도 당신 손으로 세운 '석양이 지는 집'에 옮겨 살게 된 것이다.

아버지는 "깨끗하구나, 괜찮다"라며 의연한 체하였지만 얼굴에는 여기서 혼자 잘 살 수 있을까 하는 불안이 역력했다.

집은 다다미 4장 반(약 6.9제곱미터 - 옮긴이) 정도의 부엌과 다다미 6장(약 9.3제곱미터 - 옮긴이) 넓이의 마루로 된 구조로 욕실까지 딸려 있어 남자 혼자 지내기엔 충분했다.

"좁지만 당분간은 여기서 계셔야 해요. 저도 매일 아침 살피러 올게요."

나는 스스로를 타이르듯 말했다.

부엌에 있던 잡동사니와 쓰레기는 어디 처리할 곳이 없어서 노부부의 침실이 된 안채 2층 방에 일시적으로 올려두었다. 다다미 6장가량의 방이 50년간 모아온 잡동사니로 가득 찼다. 잡동사니와 쓰레기를 집 밖으로 옮기는 일은 평일 저녁에 조금씩 하다가 막판엔 회사 K군의 도움을 받아 한꺼번에 처리했다. 부엌에 있던 대형 냉장고도 처분하고 중고로 소형 냉장고를 구입해 아파트 2층에 놓았다.

이렇게 잡동사니가 여기저기로 옮겨지거나 폐기되면서 본가는 조금씩 정리되었다. 결국 쓰레기 처리와 정리에 2주가 걸렸다. 트럭 두 대분의 쓰레기를 처분한 것이었다.

나를 닮은 사람

상점가까지의 길

본가에 있는 선반과 서랍에 빽빽이 들어차 있는 쓰레기와 잡동사니를 보고 나는 소설가 하시모토 오사무의 쇼와시대를 배경으로 한 3부작(내 멋대로 붙인 것이지만) 중 하나인 《순례巡礼》를 떠올렸다. 아니 《순례》를 읽은 것은 훨씬 뒤의 일이었는지 모르겠다. 이즈음의 기억이 뒤죽박죽 엉켜 있다. 아무튼 본가를 수리할 때의 풍경과 《순례》의 풍경이 마음속에서 깊이 연결되었다.

《순례》에는 전후 일본을 온몸으로 부딪히며 살아온, 우리 주변에서 흔히 볼 수 있는 평범한 남자가 문득 정신을 차려보니 어느새 시대에 뒤떨어져 점차 삶의 의욕을 잃고 종국에 '쓰레기 저택 주인'이라는 호칭이 붙여지기까지 전말이 그려져 있다.

처음 이 책을 읽었을 때 주인공의 아버지가 운영하던 만물상의 풍경이 눈앞에 생생하게 그려졌다.

주인공인 50대 남자는 만물상을 하던 어머니와 아버지를 차례로 여의고 아내에게까지 버림받은 몸이 된 뒤 본가의 만물상을 폐업한다. 만물상의 문을 닫았지만 상품은 여전히 남아 있다. 만물상의 상품이 뭔가. 냄비, 솥, 쓰레기통, 철사 다발, 못, 망치, 기왓장, 노끈, 고무줄, 비누, 세면기…….

남자가 살아갈 의욕을 상실하여 물건을 방치해두면 내내 먼지가 쌓이고 더러워져 아무도 거들떠보지 않는다. 상품이 간단히 쓰레기가 되는 것이다. 그러고 보니 요사이 어디에서도 만물상이라는 것을 찾아보기 힘들어졌다. 대형 쇼핑센터와 슈퍼마켓이 생긴 뒤로 만물상은 완전히 설 자리를 잃어버리고 말았다. 만물상은 그야말로 오늘날의 쓰레기 저택이 아닐까 하는 생각이 들 정도다.

본가의 부엌 서랍에 있던 것, 벽장 깊숙이 잠자던 것, 문갑 안에 쌓아둔 것, 계단 아래 빼곡한 물건을 꺼내놓으면 만물상 하나가 거뜬히 차려진다. 그 정도로 많은 잡동사니가 이 낡아빠진 집을 점거한 것이다.

왜 이리 된 것일까? 그 이유를 쓰는 것만으로도 책 한 권이 족히 나올지 모른다. 아니, 이 일은 하시모토 오사무가 훌륭히 해주었으므로 내가 더 덧붙일 필요는 없을 것이다.

본가에서 맨 처음 없앤 것은 냉장고였다. 먹다 남은 음식과 영원히 개봉할 일 없을 병조림, 썩은 채소로 가득한 냉장고는 그야말로 쓰레기 저택의 축소판이었다. 어째서 필요도 없는 먹다 남은 음식과 썩은 식재료가 냉장고에 가득한 것일까? 그 이유라면 간단히 밝힐 수 있을 듯하다.

　본가는 고탄다와 가마타를 잇는 지역 열차인 이케가미선의 지도리초 역과 구가하라 역 중간에 자리한다. 이곳에 집을 마련한 뒤 어머니의 일과 중 하나는 저녁 준비를 위해 장을 보는 것이었다. 이 일만큼은 비가 오나 바람이 부나 하루도 거르지 않고 돌아가시기 직전까지 계속했다.

　저녁 무렵 본가에 가면 장바구니 카트를 비틀비틀 끌면서 상점가에서 장을 본 뒤 돌아오는 어머니의 모습을 어렵잖게 볼 수 있었다. 무릎에 물이 고여 걷기가 여의찮게 되었어도 상점가에 장을 보러 가는 일은 멈추지 않았다.

　아니, 그만둘 수 없었다는 편이 더 맞을지 모르겠다. 그것은 습관이었고, 그것은 어머니 삶과 직결되어 있었기 때문이다. 다시 말해 어머니에게 최후로 남겨진 가사였던 것이다.

　선로 동쪽 거리로 가면 구가하라 역까지 쭉 곧은길로 걸어서 5분이면 도착한다. 어머니가 다닌 길은 선로 서쪽으로, 집에서 나와 우선 첫 모퉁이에 술집이 있고, 다음 모퉁이에 나와 친구인 우치다 다쓰루가 다닌 소학교가 있다. 그 반대편에 우유 가게가 있고, 그 앞에는 문방구와 구두 가게 두 채가 나란히 있다. 이 주변이 상점가의 출구(집에서 보면 입구)이다.

상점가 안엔 두부 가게가 있고, 다마가와야라는 경단 가게가 있고, 야오가쓰라는 채소 가게가 있으며, 생선 가게가 있다. 여기서 더 들어가면 잡화점과 아버지와 사이가 각별한 분이 운영하는 복덕방이 있다. 그 대부분은 지금 맨션이나 세련된 상점으로 바뀌었다. 그러나 신기하게도 그 잡화점과 복덕방은 여전히 건재하다.

1945년부터 도쿄 올림픽이 열린 1964년경까지 인근의 주부들은 누구나 다 이런 상점가에 나와 그날의 저녁 찬거리를 준비하였다. 도쿄의 서민 동네는 어디나 비슷한 풍경이 펼쳐졌다.

올림픽은 도쿄의 풍경을 완전히 바꾸어버렸다. 고속도로가 생기고, 뒷골목까지 길을 포장했으며, 구멍가게는 도산하거나 폐업하고 대신 슈퍼마켓과 대형 점포가 진출했다. 이케가미선 주변 지역은 도쿄에서도 비교적 큰 변화가 없었으나 그럼에도 역 앞에 슈퍼마켓 산코가 생겼고 인근에 서미트와 오제키라는 대형 슈퍼마켓 체인이 들어섰다.

주부들은 매일 식재료를 사러 나올 필요가 없어졌다. 가정에는 대형 냉장고가 있어 쓰다 남은 식재료를 넣어두면 썩지 않았기 때문이다.

나를 닮은 사람

어머니 시대에는 전기가 아니라 얼음으로 하루 정도 유지하는 정도라 그날의 식재료는 당일 조달해서 모두 소비하지 않으면 안 되었다. 유통의 발달과 전기제품의 출현은 젊은 주부들의 소비 행동을 바꾸었고 집 안 부엌에는 백색 가전이 채워졌다. 변하지 않은 것은 1950년대 주부들의 행동뿐이었다. 아니, 어쩌면 변화에 둔감하게 대응하던 나의 어머니뿐이었는지 모르겠다.

상점가를 매일 찾는 일, 그것은 단순히 식재료를 사기 위한 행위만이 아니라 여성들이 지인과 교우하고 정보를 수집하며 살아 있음을 확인하는 일과다. 나의 어머니도 최후의 입원 직전까지 상점가에 가서 당일 미처 소비하지도 못할 것까지 매일 사들였다. 어머니가 돌아가신 뒤 나는 본가로 들어가 아버지를 위해 매일 슈퍼마켓을 다녔는데 어머니가 걷던 길을 걸으면서 이 길을 오갔을 어머니의 모습을 몇 번이고 떠올렸다.

어머니는 마지막까지 상점가에 나가 장 보는 일을 멈추지 않았다. 대형 냉장고 안을 확인하지도 않았고, 어디에 어떤 물건이 있는지 잊어버려도 장보기만큼은 멈추지 않았다. 그 결과 냉장고엔 필요하지도 않은 식재료가 차곡차곡 쌓여 마침내 썩어버리는 사태에까지 이르렀다.

어머니는 마지막까지 상점가에 나가

물건 사는 일을 멈추지 않았다.

어머니의 귀환과 나의 결심

모처럼 집을 개축하였으나 어머니가 그 집에 돌아오신 것은 유골이 되어서였다. "건강할 때 보여주고 싶었는데" 하고 아버지는 쓸쓸히 말했다.

생전에 어머니께 따뜻한 말 한마디라도 건네면 좋으련만 하고 생각한 적이 여러 차례였지만, 아버지는 끝내 내 앞에서 어머니께 감사의 말을 꺼내지 않았다.

분명 고마워하는 마음은 있었다. 그러나 이 세대 남자들의 몸 속엔 남 앞에서 그런 말을 하는 것을 막는 무언가가 잠재해 있다. 혹은 단순히 폼을 잡고 있었다는 말이 더 맞을지 모르겠다.

아무튼 아버지는 늘 남 앞에서 어머니께 무뚝뚝했고 거칠었으며 살뜰한 말 한마디 하지 않았다. 밖에서는 붙임성 좋고 인망이 두텁다는 평가를 받았지만 집에서는 필요 이상으로 입을 떼는 법이 없었다. 자기 아내에 대한 험담은 쉽게 입에 올리지만 소중하게 생각하는 마음을 표현하는 것은 일생에 불가능했다.

두 분만 계셨을 때도 그랬을까. 이는 내가 알 길이 없지만 필시 두 분만 계실 때도 따뜻한 말과는 거리가 멀었으리라 생각한다.

생전에 어머니가 아내에게 부엌만이라도 고쳤으면 좋겠다는 말을 하셨던 모양이다. 어머니가 입원하신 뒤 아버지께 집을 개축하자는 말을 꺼냈을 때 아버지는 이로써 지금까지 당신의 죄를 덜겠다는 마음이 있었으리라 생각한다.

공사가 끝나기를 노심초사하며 기다린 것은 나만이 아니었다. "틀림없이 기뻐할 게다", "새로 지은 집 같구나" 하며 아버지도 그날을 손꼽아 기다리는 기색이었다. 그러나 병원에서 "집이 깨끗해졌어. 퇴원하고 돌아오면 몰라볼 거야"라고 격려할 때 어머니는 이미 자신이 그 집으로 돌아가지 못하리라는 것을 예감한 듯하다.

"그래요, 기대되네요"라며 그저 힘없이 미소만 지었다.

새로워진 것은 부엌만이 아니었다. 욕실도, 세탁실도 편리해졌다. 원래는 세탁기가 실외인 부엌문 밖에 있어 신발을 갈아 신고 오가야 하는 불편함이 있었다. 거기에 우물이 있어서 그 물을 퍼서 빨래를 했기 때문에 그대로 그 자리에 세탁기가 놓인 것이다.

개축한 뒤에는 때 낀 타일이 산뜻한 일체형 욕실로 바뀌고 그 옆에 세탁기가 설치되어 마침내 집 안에서 빨래를 할 수 있게 되었다. 시스템키친으로 꾸민 주방과 실내에 놓인 세탁기를 어머니는 얼마나 소망하셨던가.

어머니의 장례식이 끝난 날 우리 일가는 완전히 달라진 본가로 돌아왔다. 짐을 풀고 어머니의 사진과 유골이 든 항아리를 서둘러 만든 불단에 모셨다. 센다이에 사는 동생 가족은 아픈 조카를 남겨두고 왔기에 바로 돌아갔다. 아내도 연로하신 장모님을 보살피러 집으로 돌아갔다.

새로워진 집에 아버지와 나, 남자 둘만 오도카니 남았다.

"커피라도 드릴까요?" 하고 묻고는 둘이서 커피를 마시면서 띄엄띄엄 이야기를 시작했다.

이제까지 단둘이 대화를 나눈 적이 없었기 때문에 처음에는 무슨 말을 해야 좋을지 몰랐다.

"어떻게 하실 거예요, 앞으로."

아버지는 아무런 대답도 하지 않으셨다.

원래 작은 체구였지만 어머니를 먼저 보낸 뒤 한층 왜소하게 느껴졌다. 지병인 파킨슨병도 심해지신 듯 커피 잔을 든 손이 가늘게 떨렸다.

모든 집안일을 어머니께 맡기셨던 아버지가 앞으로 혼자 생활을 잘 꾸려나가리라고는 도저히 생각되지 않았고 무엇보다 건강 상태도 양호하다 할 수 없었다. 집 개조 중에는 그럭저럭 해나가고 주민자치회 동료들이 쉴 새 없이 방문해주어서 그나마 정신

을 차리고 있었지만 설마 어머니가 먼저 돌아가시리라고는 생각
하지 못했을 것이다.

그것은 나 역시 마찬가지였다.

결국 그날은 아버지와 대화다운 대화를 하지 못했다.

나는 이곳에 옮겨와 살겠다는 것을 아버지께 고하고 도도로키
에 있는 집으로 돌아갔다. 본가 2층에는 아직도 엄청난 쓰레기가
남아 있다.

나를 닮은 사람

제 3 장

탕아의 귀환

남자 둘만의 생활

본가로 옮겨와 살기 위해서 우선은 나의 잠자리를 확보하는 것이 급선무였다.

본가는 2층 건물 세 개 동으로 이루어져 있다. 앞에서도 언급했지만 예전 공장이던 부지엔 이제 '서니 하이츠'라는 아파트가 들어섰고, 공장 사무실이던 곳은 현재 주민자치회 사무실이 되었다. 그리고 가장 안쪽에 양친이 노인끼리 병 수발을 들던 안채가 있다.

안채 1층 개축을 위해 그곳에 쌓여 있던 쓰레기 대부분을 주민자치회 방에 임시로 옮겼다. 주민자치회 사무실에 온갖 잡동사니가 빽빽이 쌓였다.

어머니가 쓰러지기 전까지 안채 2층의 방 두 개엔 아버지와 어머니의 침대가 각각 놓여 있었다. 이때 이미 아버지의 침대 옆에는 산소통과 흡입기가 자리했다. 산소통은 필립스와 계약해서 임대한 것이다. 2개월에 한 번씩 청구서가 날아오는데 매달 1만 엔가량의 비용이었다.

오랜 세월 아버지는 폐기종을 앓았는데 이 때문에 심장에도 부담이 가 호흡곤란에 빠진 적도 있었던 모양이다. '모양이다'라는 것은 어머니가 생전에 그런 말씀을 하신 것을 들었을 뿐이고 실제로 증상이 어느 정도였는지에 대해서는 특별히 주의를 기울이지 않았기 때문이다. 호흡기 계통의 명의인 기하라 선생이라는 분이 고마메의 메오토자카에 개원해서 아버지는 그 작은 병원에 다니셨다.

어머니의 침실은 학창 시절 내가 사용하던 방이다. 매년 정월이면 친구 우치다 다쓰루가 이 방에 놀러 왔다가, 한 동네에 사는 또 다른 친구의 집으로 함께 신년 인사를 하러 갔다.

나중에 아버지 병으로 신세를 지게 된 국립국제의료연구센터 병원의 미모리 아키오 부원장도 고교 시절에 몇 번 이 방에 놀러 온 적이 있다. 무사시코야마에서 '어게인'이라는 라이프 카페를 운영하는 옛 친구 이시카와 시게키는 이 방에서 기타를 몇 번 치다가 아버지의 성난 고함을 들어야 했다. 지금까지 친교가 있는 친구 대부분이 이 방에 놀러 와 마시고, 먹고, 노래하고, 울기도 했다.

그 방이 너덜너덜해져서 사람이 들락거리지 않는 창고처럼 고요하다. 어머니가 시집올 때 해온 닳고 닳은 오동나무 장롱과 그후에 산 구식 반닫이가 나란히 있고 잔뜩 때가 낀 다다미 위에 어머니의 침대가 놓여 있다.

반닫이 서랍 안에도 기모노며 유카타, 수건, 옷감 등이 빈틈없이 채워져 있었다. 서랍 안에는 그야말로 50년의 유물이 차곡차곡하게 쌓여 있어 아마도 연로한 어머니로서는 정리하기 힘들었을 것이다.

그중엔 어머니가 만년에 취미로 써 모은 서예 작품도 표구되어 잠자고 있었다. 매일 상점가에 다니며 사들인 아버지의 속옷과 잠옷, 폴로셔츠 등은 가격표 그대로 수납장에 박힌 채 잊혔다.

부엌과 화장실, 목욕탕을 중심으로 한 1층 개조는 어머니를 위한 것이었지만 이번엔 내가 살 공간을 확보하기 위해 2층의 방두 개를 리모델링해야 했다. 두 방 모두 다다미 곳곳이 울퉁불퉁부풀어 오르거나 움푹 파여 있어서 용케도 이런 방에서 잠을 주무셨구나 하고 그제야 처음으로 깨달았다. 어떻게 이렇게까지몰랐는지 지금 생각하면 어처구니없지만 그만큼 내가 양친의 생활에 무관심했다는 의미일 게다.

어머니의 언니가 구가하라로 시집을 갔는데, 시댁이 목수 집안이었다. 덕분에 처음 이 집을 상량하는 것부터 이번 개축까지 모두 2대에 걸친 인척 장인의 손에 이루어졌다. 이번 공사는 3주 정도가 걸렸다. 2층 전체에 마룻바닥을 깔고 벽지까지 새로 바르자 나는 도도로키의 집에서 짐을 조금씩 옮겨왔다.

짐을 옮기노라니 방탕한 아들이 마침내 귀환하는 듯한 감회가 들었다. 학창 시절 수많은 비밀이 깃들어 있는 나의 방으로 되돌아온 것이다.

그럼에도 여전히 본가에서 본격적으로 아버지와 둘이 살겠다는 결심은 서지 않았다. 내 방은 확보하였으나 그것은 주중에 몇 번 상태를 보러 왔다가 묵고 가기 위한 공간으로, 당분간은 도도로키의 내 방과 본가의 서재를 오가는 생활을 계속할 요량이었다.

어느 아침 날의 사건

어머니의 장례식을 치르고 일주일이 지났다.

아버지의 침대는 새롭게 꾸민 안채 1층의 3평 정도 크기의 방에 두고, 어머니가 쓰셨던 2층 방에 내 침대를 놓았다.

애초엔 주 2회 정도, 그 주의 식재료를 사가지고 와 머물면서 아버지의 상태를 살필 작정이었다. 이때는 아버지도 아직 의식이 흐려지지 않아서 본인의 식사 정도는 직접 만들 수 있었다. 주민자치회 친구분들도 여러모로 신경을 써주시고, 매일 누군가가 음식을 싸가지고 오셔서 아버지는 그 후의에 기꺼이 의지하셨던 듯하다.

물론 이런 상태가 오래 지속되리라고는 생각하지 않았으나 아직 '왕래'만으로 어떻게 지낼 수 있으리라 생각했다. 아니, 그러기를 빌었는지도 모른다. 그러나 얼마 지나지 않아 본격적으로 생활의 장을 완전히 옮기게 된 사건이 발생했다.

어느 날 아침 평소처럼 회사에 출근하기 전에 본가에 들러 문을 열었더니 이상한 냄새가 온 집 안에 가득했다. 무슨 일인지 서둘러 안을 들여다보니 새 주방의 가스대 위에 플라스틱이 녹은 듯한 정체불명의 덩어리가 어지럽게 흩어져 있다.

"무슨 일이에요?" 하고 물으니

"하마터면 불이 날 뻔했다"라며 머리를 긁적이셨다.

"무슨 일이에요?" 하고 재차 물으니

"이상해, 그럴 리가 없는데 말야."

아버지도 무슨 일이 일어났는지 잘 모르는 듯했다.

정신이 들어보니 가스대 위에서 불길이 솟아올랐다는 것이다. 아무래도 냄비랑 혼동해서 플라스틱 개수통을 가스대에 올려놓은 모양인데 정작 본인은 전혀 기억이 없다는 게다.

가스대 위를 정리하면서 '이런 큰일이구나' 하고 생각했다. '큰일'이라는 말은 아버지가 하마터면 불을 낼 뻔한 것만이 아니라 이를 전혀 기억해내지 못하는 것을 의미했다.

이즈음에 아버지는 자주 "한자가 써지지 않는구나" 하고 곤혹스러워했다.

"요사이 건망증이 심해져서 짜증이 나"라고 중얼거리는 말도 자주 들었다.

그럼에도 나는 여전히 아버지도, 나와 아버지와의 관계도, 지금까지 이어온 인생의 연장이라는 시선으로만 보고 있었다. 그것이 이날을 경계로 완전히 달라진 것이다.

돌이켜 생각하면 이 사건은 우리 두 사람이 '노화'라는 것과 정면으로 마주하는 첫 계기가 되었다. '마주한다'라고 했지만 그것은 예컨대 노화에 저항하는 적극적인 의미를 내포한 것이 아니다. 그저 불가항력적으로 늙어가고, 노화를 받아들이며 살아갈 수밖에 없게 되었다는 의미이다. 곁에서 보면 이전과 전혀 달라진 것이 없지만 아버지는 확실히 노화가 진행되고 있었다. 이즈음부터 아버지는 조금씩 기억의 연속성을 잃어갔다.

질병이득疾病利得(질병을 통해 얻는 심리적·사회적·경제적 이익 - 옮긴이)이라는 말이 있듯 노화도 그 나름으로 얻는 것이 있을 것이다. 이를테면 기억의 연속성을 잃음으로써 뭔가를 지킬 수도 있다. 단적으로 혼자가 된 외로움이나 앞으로의 불안과 같은 네거티브한 감정을 완화하고 정신의 안정을 유지할 수 있을 것이다. 그에 관해서는 이후 상세히 밝힐 예정이므로 이 자리에서는 더 이상 언급을 줄이겠다.

아무튼 나는 아버지를 혼자 계시게 하는 건 위험하다, 더 이상은 미룰 수가 없겠다는 판단을 내리고 생활의 장을 본가로 완전히 옮기기로 결단했다.

'노화'의 이득

질병이득. 일전에 우치다 다쓰루, 오다지마 다카시, 마치야마 도모히로 등의 저술가와 함께 헌법 9조에 관한 책을 쓸 때, 우치다가 이 말을 이용해서 일본인과 헌법의 관계를 설명한 바 있다. 우치다는 이 말을 정신과 의학박사인 가스가 다케히코와의 대담에서 알게 된 모양이다.

미국 측의 대일 군사 전략 면에서 보면 헌법 9조와 자위대의 존재는 일본군을 거세하면서도 사회주의권에 맞서는 후방 지원 부대를 확보한다는 목적에 부합했다. 그러나 일본인은 이것을 주인(미국)과 노예(일본)라는 미일 관계로 직시하지 못하고 '모순된 시스템을 안고 있는 일본'이라는 국내 문제로만 파악하고 있다.

우치다는 이런 놀랄 만한 견해를 밝혔다. 그 이유로 헌법 9조와 자위대라는 '내정적 모순'을 받아들임으로써 미국의 '종속국'이라는 트라우마적 스트레스를 최소화하고 있다고 분석했다. 일본인은 사실을 직시하는 것의 스트레스를 회피하기 위해 집단적으로 '인격분열' 증상을 선택했다는 것이다.

나는 우치다 다쓰루의 논리적 주장에 무심코 고개를 끄덕였다. 정신과 의사와 대담에서 배운 '질병이득'이라는 말을 깊이 음미하여 이를 곧바로 일본인의 정신 구조에까지 연결시킨 그의 재능에도 경의를 표하지 않을 수 없었다.

아무튼 '질병이득'이라는 말에는 뭔지 모를 신기한 환기력이 있다. 비단 우치다에게만이 아니라 사람의 마음을 끄는 무언가가 내재되어 있는 듯하다. 질병이라 하면 모든 인간이 어쩔 수 없이 겪는 네거티브한 상태로만 인식되지만 그곳에도 나름의 긍정적인 의미가 감추어져 있음을 시사한다. 인간은 불가항력적으로 질병에 걸리는 것이 아니라 뭔가 이유가 있어 질병이라는 상태를 선택한다는 것이다. 그렇게 생각하면 설령 가망이 없는 질병이라도 거기에서 한 줄기 희망을 찾아낼 수가 있다.

원래 이 말은 프로이트가 신경증에 걸림으로써 심적 고통에서 도피하는 심리적 기제를 설명할 때 사용한 말이다. 처음 들었을 때는 단지 재미있는 사고방식이라고만 생각했는데 아버지와 2년간 함께 생활하면서 나는 이 말을 몇 번이나 곱씹었다. 때로는 상황을 납득하기 위해, 때로는 나 스스로를 안도시키기 위해. 그리고 마지막은 눈앞의 사실을 사실로 인정하기 위해서였다.

나는 간병 과정에서 '이득'의 의미를 절실히 실감했다. 처음 그것을 느낀 것은 보행이 여의치 않게 된 아버지가 갑작스레 변을 보았을 때이다.

주민자치회 회장이라는 감투를 쓰고, 소방과 방범 등 활발한 지역 활동으로 경시총감상 수상 외에도 각종 명예를 누리셨으며, 마을에서 지도적 역할을 해온 아버지로서는 보행할 때마다 도움을 받아야 하고 남의 손을 빌려 대소변을 처리해야 하는 사실이 틀림없이 견디기 힘들었을 것이다.

그러나 만약 타인에게 폐를 끼치는 인물이 예전의 우두머리 격의 인간이 아니라 기억도 드문드문한 노인이라면 받아들이기가 한결 수월할 것이다. 다시 말해 건강하던 시절 자신의 프라이드를 지키기 위한 증상이 이즈음 나타난 '기억의 상실과 단절'이 아니었을까. '노화'도 또 하나의 이득이라고 할 수 있다.

이때 이상으로 그 말을 강하게 의식한 순간이 바로 아버지가 처음으로 긴급하게 입원하던 때였다. 입원 후 곧바로 아버지에게 강한 섬망이 나타났다. 섬망이란 입원 쇼크로 일시적으로 정신착란 상태가 되는 것으로 환각이 나타나고 망언이 터져 나온다. 많은 경우 이를 보는 가족이 큰 충격을 받는다.

의사는 이것이 일시적이며 노인이 입원하면 3할에서 5할 정도의 비율로 증상이 나타난다고 설명해주었다. 그럼에도 눈앞에서 육친이 정신을 잃은 상태로 큰 소리를 지르고 의사소통이 불가능한 모습을 지켜보는 것은 너무도 괴로운 일이다. 나도 처음에는 완전히 다른 인격이 되어버린 아버지를 보고 충격을 받았지만 그 모습을 관찰하는 동안 조금씩이나마 생각에 변화가 생겼다.

아버지의 섬망은 오전 중에는 비교적 평온하여 반각반수의 상태지만 야간이 되면 마치 미치광이처럼 변하기도 했다. 나는 이것을 보고 '아아, 아버지가 무너지고 있구나' 하고 현실을 인정하게 되었다.

한번은 잠시 정신을 차린 아버지가 "몇 개월씩 병원에 있기가 괴롭구나, 돌아가고 싶다"라고 토로하셨다. 보행이 가능하고 책을 읽거나 텔레비전 등을 볼 수 있다면 입원을 해도 한때의 휴식으로 생각할 수 있겠으나 몸이 꼼짝없이 침대에 누워 있어야 한다면 아무리 강인한 정신력의 소유자라도 비명을 지를 것이다.

그 후 나는 정신이 돌아와 견디기 힘든 고통을 겪으시느니 차라리 섬망 상태로 있는 것이 당신에게 더 편한 것이 아닌가 하고 생각하게 되었다.

평온한 나날들

2009년으로 돌아가, 즉 어머니가 가시고 처음 몇 달간 아버지는 아직 간병이 필요한 상태는 아니어서 혼자 해나가는 것이 불가능할 정도는 아니었다. 그럼에도 본가에 들어간 것은 아버지를 혼자 두면 화재, 돌발적인 사고에 대처하지 못할 우려가 있었기 때문이다.

아버지는 여위긴 해도 정신적인 불안만 극복하면 아직은 건강한 생활이 가능했다.

나는 아침에 일어나 우선 쓰레기를 밖에 버리고 아침 식사를 준비하는 것으로 하루 일과를 시작했다. 당연한 일이지만 그때까지 아침 식사 준비나 설거지, 세탁, 청소, 식재료 장보기, 목욕 준비까지 모두 어머니가 담당하셨으므로 이 모든 일을 고스란히 내가 떠맡아야 했다.

물론 밥은 전날 밤 밥솥에 안쳐두면 자동으로 되고 더러운 옷은 세탁기로 돌리면 전자동으로 기계가 끝내준다. 목욕물도 예전처럼 풀무로 식히거나 부채질할 필요가 없이 스위치 한 번 누르면 끝이다. 세상이 편리해진 것에 감사할 따름이다.

아침 식사를 마치고 설거지를 하고 출근 시간에 아슬아슬하게 맞추어 문을 열어둔 채 회사로 나섰다. "다녀올게요" 하고 내가 말하면 아버지는 꼭 "오늘은 몇 시에 오냐" 하고 물었다. 역시 홀로 계시는 것이 불안하셨을 것이다.

점심때는 가사 도우미가 방문해 점심 식사를 차려주고 그날의 상태를 노트에 적고 돌아갔다. 나는 회사가 끝나는 대로 집 근처 슈퍼마켓에 들러 식재료를 사와 저녁을 준비한다. 식탁 위에 준비한 음식을 놓고 가사 도우미가 기록한 것을 읽으면서 식사를 했다. 대화라고 해봤자 '오늘은 무슨 일이 있었나?', '누가 왔나?', '몸은 어떤가?' 하는 정도였다.

이렇게 간병 생활이 조용히 그리고 평온하게 시작되었다.

맨 처음 내가 놀란 것은 간병 생활에 돈이 거의 들지 않는다는 사실이었다. 연금과 아파트 임대 수입으로 두 사람이 생활하는 데 부족함이 없어서 나의 수입은 최대한 공간을 쾌적하게 만드는 데 필요한 가구와 간병용품 구입에 썼다.

아버지는 내가 만드는 식사를 맛있다, 맛있다 하며 드셨다. 그런 말을 들으면 얼치기 '주부主夫' 주제에도 더 즐거워하시도록 특별한 요리를 시도하기도 했고, 저녁 식사 후 특제 디저트를 만들기도 했다.

사회와 단절된 내향적인 두 남자의 생활이 조용히 이어지면서 조금씩이긴 하지만 아버지와 대화 시간도 늘었다. 뭔가 체계적인 이야기가 오간 것은 아니다. 드문드문 옛날이야기를 하거나 향후 주민자치회 운영 계획, 아파트 주민의 일 등 아버지 신변에 가까운 내용이었다.

얼마 후 신청해둔 간병인 지원 심사를 위해 구區 조사원이 방문해 간병 인증에 필요한 인터뷰를 진행했다. 결과는 요지원要支援 2급이었다. 조사원이 인터뷰를 하러 오면 천성적으로 사교성이 좋은 아버지는 갑자기 활기를 되찾아 붙임성이 좋아지고 대답도 똑똑히 하셨다.

조사원이 돌아간 뒤에

"몸이 더 안 좋아 보이도록 해야죠" 하고 조금이라도 유리한 판정을 기대하던 바람을 비쳤더니

"그런가, 다음에는 그리 하마"라며 웃으셨다.

간병 인증이란 간병보험제도에서 자치단체가 인증하는 간병 기준으로, 이것을 취득하면 보조금과 공적 서비스를 받을 수 있다. '요간호'와 '요지원' 두 개의 카테고리가 있으며 간호는 5단계, 지원은 2단계 등급으로 나뉜다. '요간호'란 목욕, 배설, 식사 등 일상생활에 있어서 기본적인 행동 전부 또는 일부에 대해 일정 기간에 걸쳐 지속적이며 상시적인 간호가 요망된다고 판단하는 상태이다. '요지원'이란 요간호 상태까지는 미치지 않지만 부분적인 간호와 지원 등이 필요한 상태를 말한다.

이때 아버지는 기억장애와 보행장애 등이 있었지만 기실 지속적인 간병은 필요 없는 상태였다. 그러나 그로부터 불과 1개월 사이에 상태가 완전히 급변했다. '요지원 2'가 '요간호 4'가 되었

다가 곧바로 가장 위중한 '요간호 5'로 격상했다.

그 단초가 된 것이 최초의 입원이었다.

애당초 대수롭지 않은 감기라고 생각하고 입원한 아버지가 생사의 갈림길을 헤매게 된 것이다.

제
4
장

생사를 건 도박

'변화'의 해

어머니가 돌아가신 2009년은 'Change!'라는 슬로건으로 역사적인 선거에 승리한 버락 오바마의 제44대 미국 대통령 취임으로 시작되었다. 최초의 흑인 대통령의 탄생은 정말로 세계가 '변화'하는 것이 아닐까 하는 기대를 갖게 하기에 충분히 밝은 뉴스였다.

그러나 밝은 뉴스를 열망하는 시대란 반드시 좋은 시대라 할 수 없을지 모르겠다. 그해 역시 사람들이 '변화'를 기대하지 않으면 안 될 정도로 침체된 공기가 전 세계를 짓누르고 있었다.

지난해 리먼 쇼크 이후 세계경제는 혼란에 빠져 불황의 여파가 여지없이 일본까지 미쳤다. 토요타 쇼크라 불리는 세계적 기업 토요타의 부진이 지속되고 일본을 대표하는 메이커인 소니가 14년 만에 영업 적자를 기록했다. 1월에 발표된 지난해 12월의 완전실업률은 4.4%로, 현 조사 방법이 시행된 이래 최대 악화 폭이었다. 빈부 격차의 확대가 중대한 사회문제가 되고 중소 영세기업의 도산도 줄을 이었다.

미국과 마찬가지로 일본도 '변화'의 필요성이 절박했으며 사람들은 어떤 '변화'든 그것에 매달리고 싶은 심정을 내비쳤다.

그런 분위기 속에서 제2회 월드 베이스볼 클래식이 개최되었다. 3년 전에 갑작스레 시작된 이 대회가 어느 정도 권위를 갖고 있는지는 잘 모르겠다. 올림픽이나 월드컵과 같이 세계의 이목을 집중시키는 대회가 아닐지 모른다. 그럼에도 사람들은 특별한 마음으로 텔레비전 화면에 빠져들었다.

제1회 대회는 왕정치 감독과 이치로의 활약으로 기적적이라 할 수 있는 우승을 거머쥐었다. 철저한 개인주의 플레이로 유명한 이치로가 시종 팀플레이에 열중하며 동료들의 사기를 북돋우는 모습이 큰 반향을 일으킨 우승이었다.

이번 대회는 시작 전부터 전 대회와는 다른 의미를 담고 있었다. 불황에 신음하는 일본인에게 이 시리즈는 종전 후 얼마 되지 않았을 때 일본인 복서 시라이 요시오가 미국의 다도 마리노를 꺾고 세계 챔피언이 된 시합에 필적했는지 모르겠다. 눈에 띄는 스타가 없는 일본 팀을 하라 감독은 결승전까지 이끌었다. 마지막 한국전에서의 1투 1타에 전 일본이 열광했다. 분명 뭔가 크게 '변화'가 진행되던 해였다.

여름 중의원 의원 총선거 결과가 그 상징적인 사건이다. 민주당이 308석으로 과반수를 획득하여 전후 최초로 야당 단독으로 정권 교체를 실현했다. 미국에서 최초의 흑인 대통령이 탄생한 해에 일본에서는 도저히 불가능하리라 여기던 정권 교체가 실현된 것이다.

사람들은 먼 후대까지 그해를 '변화'의 해로 기억할까? 아니면 그리 큰 사건이 없던 평범한 해로 잊어버릴까?

내게도 그해는 분명 '변화'의 해였으나 이는 극히 개인적인 사건이었다. 그것은 작은 '변화'였으나 잊을 수 없는 '변화'였다.

따뜻한 바람과 따뜻한 집

어머니가 돌아가신 것은 그해 말 크리스마스 직전이었다. 나는 일가친척만 모여 조용히 어머니를 보내드리고 싶었으나 장례식엔 예상 밖으로 많은 분이 조문을 오셨다. 아버지는 그것이 자랑스러우셨던 모양이다.

"이렇게 성대한 장례식은 없을 게다."

나는 내심 죽은 뒤 성대한 장례식을 치른들 무슨 의미냐는 마음이었으나 아버지가 그것으로 살아가는 데 의지가 된다면, 하고 스스로를 납득시켰다.

장례식이 끝나고 남은 날도 얼마 되지 않은 연말은 평생 경험해본 적 없는 분주한 시간이었다. 그렇지 않아도 정신없는 연말이, 말일까지 어머니의 유품을 정리하고 관청과 은행에 낼 서류를 준비하며, 조문으로 몰려드는 어머니의 지인과 벗들을 상대하느라 눈코 뜰 새 없이 지나갔다.

집 개조가 얼추 마무리되고 대청소도 끝난 새해 전날, 인근 슈퍼마켓에서 메밀국수와 튀김을 샀다.

아버지와 해넘이 메밀국수를 먹으며 뭔가 이야기를 해야 한다고 생각했다. 나는 결혼해서 본가를 떠난 이후 처음으로 아버지와 식탁에 마주 앉았다. 종일 틀어놓은 텔레비전에서 〈홍백가요대전〉이 흘러나오고 있었다.

"혼자 잘하실 수 있겠어요?" 하고 묻자

아버지는 대뜸 "너한테 맡기마"라고 하셨다.

이 이상 이야기가 진척되지 않았다.

"그럼 아침저녁으로 살피러 올게요. 할 수 있는 데까지 노력해 보죠" 하고 거의 스스로를 타이르듯 말했다.

아버지는 아무 말씀도 없이 그저 텔레비전만 보고 있었다.

사카모토 후유미의 '너를 다시 사랑해'가 화면에서 흘러나왔다.

이런 식으로 아버지와 〈홍백가요대전〉을 보는 날이 올 줄은 전혀 상상도 못했으나 이것은 현실이다.

목조 주택에서 맞은 새해 전야는 예상하던 것 이상으로 추위가 사무쳤다.

"따뜻한 바람과 따뜻한 집은 중요하다"는 말이 떠올랐다.

내가 이 집에 머무는 동안 몇 번이나 반추하던 시의 한 구절이다. 요시모토 다카아키의 시집 《전위를 위한 10편》에서 '작은 무리에게 보내는 인사'의 첫 행이다. 요시모토는 이 한 행에 강한 친밀함과 약간의 혐오를 담았다. 그리고 자신에게 말하듯 "내가 쓰러지면 하나의 직접성이 무너진다"는 시구를 덧붙였다.

─내가 쓰러지면 아버지는 어떻게 될 것인가.

식사의 중요성

새해가 밝자 나의 생활은 조금씩 본격적인 간호 태세로 들어갔다. 앞에 쓴 플라스틱 개수통 화재 사건이 일어난 때가 그해 2월 25일이었다. 그 얼마 전부터 트위터에 글을 쓰기 시작해 이후의 일은 정확한 날짜를 추적할 수 있다.

화재 사건이 있기 전날의 트위터에 나는 이런 글을 남겼다.

> 2010년 2월 24일(수) 22:29
> 슈퍼마켓 산코에 들러 돼지 삼겹살, 낫토, 소시지, 두부, 쓰레기봉투, 인스턴트 단팥죽 등을 구입. 집에 돌아오니 아마존에 주문한 소파 침대가 도착해 있다. 잠시 침대와 씨름함. 이제 아버지는 침대에서 굴러떨어져도 문제없다. 목욕물을 데우고, 빨래를 하고, 다리미질을 하였다.

실제로 물건을 산 것은 슈퍼마켓 산코가 아니라 서밋이라는 슈퍼마켓이다. 아직도 옛날 기억이 머릿속에 강해 본가에서의 생활이 몸에 배지 않았음을 엿볼 수 있다.

침대를 구입한 것은 아버지가 밤중에 몇 차례 침대에서 굴러떨어졌기 때문이다. 그래서 떨어져도 다치지 않도록 낮은 침대

나를 닮은 사람

를 구입해서 양 모퉁이에 네 개의 간호용 기둥을 세워 일어날 때 붙잡을 수 있도록 했다. 간호용 기둥은 전문 임대업자가 가져다 주었다. 침대 모서리마다 튼튼한 기둥이 달려 있는 모습은 영 생경했으나 고가의 간호 침대까지 들일 필요가 없다는 판단에서였다. 침대 옆에는 2층의 나에게 알리는 벨을 설치했다.

간병이라고 하지만 이 단계에서는 식사 준비와 세탁물을 빠는 것이 주이고, 옷 갈아입는 것을 돕는 정도가 그나마 간호라고 할 만한 일이었다.

요리는 예상 밖으로 즐거웠다. 이날은 인스턴트 단팥죽을 샀다. 아버지는 술을 거의 드시지 않고 단것을 즐겨서 디저트용으로 구입한 것이다. 그때까지 직접 요리를 해본 적이 없어서 메뉴는 거의 한정돼 있었다.

냄비에 채소류를 한꺼번에 넣어 푹 끓인 콩소메 맛 수프.

시행착오를 거듭한 도전적인 카레.

단무지를 잘게 썰어 넣은 특제 볶음밥.

간장과 설탕으로 맛을 낸 계란말이.

묘하게 요리를 시작하면 재미가 들려 다양한 실험을 해보고 싶어진다. 요리책 사이트를 보면서 양배추롤이나 햄버거 등도 만들었다. 바냐 카우다(이탈리아 피에몬테 지방의 요리. 스위스 퐁뒤 같은 형식으로 안초비, 올리브유 등의 따뜻한 소스에 채소 등을 찍어 먹는다 - 옮긴이)라고 하는 난생처음 배운 소스도 만들어보았다.

특히 카레는 창조성이 요구되는 요리로 다양한 루를 조합해보거나 향신료를 섞기도 하고 때로는 초콜릿, 코코넛 밀크, 간장 등을 살짝 쳐보기도 했다. 실패도 했지만 대개는 그런대로 맛이 괜찮았다.

"요리를 잘하는구나." 아버지는 몇 번이나 이 말을 하셨다.

당시는 보통 1인분을 거뜬히 드셨다. 만년에 어머니가 요리할 기력도, 체력도 쇠하셔서 거의 매일 회만 먹였다고 불평하시더니 아버지는 내 요리가 신선하게 느껴지신 모양이었다.

처음 얼마간은 "오늘은 무얼 드시고 싶으세요?" 하고 물었는데 점차 시간이 지나면서 아버지가 그날 무엇을 먹고 싶어 하는지 알 수 있었다. 식후에는 크림단팥죽, 아이스크림과 과일, 잼을 올린 요구르트 등을 드렸다. 어디선가 들은 "언제나 조금 더 공을 들이는 것이 중요하다"는 말을 상기하면서 의외로 요리 시간을 즐겼다.

때로 요리를 만들다 여러 생각에 빠지기도 했다. 예를 들면 이런 것이다.

'내가 회사에 있는 낮 동안에 아버지는 무엇을 하고 계실까?'

'침대에 누워 아버지는 무슨 생각을 할까?'

그리고 아버지의 현재는 단지 저녁 식사를 기다리는 것이 전부가 아닐까 하는 생각에 가슴이 쓰라리기도 했다. 특별한 취미도 없이 오로지 평생 일만 해온 남자가 늙어 몸도 다 망가지고 아내를 먼저 보낸 뒤엔 무엇이 남을까. 어떤 심정으로 홀로 시간을 보낼까. 생각할 것이 산처럼 많았지만 생각한들 특별히 대답이 나올 것 같지 않았다.

그러나 나중에 돌이켜 생각하니 그때 둘의 생활은 그나마 평온한 것이었다. 저녁 식사를 마치면 둘이서 식후 커피를 마시면서 테이블에 마주 앉기도 했으니까.

아버지는 조금씩이긴 했지만 어머니의 장례식에 대한 감상이나 옛날이야기를 꺼내셨고 나도 이번 기회에 될 수 있는 한 이야기를 잘 들어두려 했다. 간병 생활에 어떤 미래가 기다리고 있는지 아직 알 수 없으나 표면적으로는 담담하고 조용하게 시간이 흘러가는 듯 보였을 것이다. 이런 내향적인 날도 좋지 않은가.

이른바 잘나간다는 한 여성 컨설턴트가 젊은이들의 해외 진출이 줄어드는 것을 그래프로 제시하면서 일본인이 소극적으로 바뀌고 있다고 한탄한 적이 있다. 나는 이 여성 컨설턴트가 보는 세계가 너무나 얄팍하다는 생각을 하지 않을 수 없다. 이런 부류는

내향적이며 작은 평안에서 위로받는 일상의 절실함에 대해 눈곱만큼도 헤아리지 못한다. 인생에 대해서는 아직 아무것도 모르는 홈룸 우등생 같은 발언이다. 단순히 자신의 우월성을 과시하려 할 뿐, 이것이 때로 약자에게 잔혹할 수 있다는 사실조차 자각하지 못할 것이다.

생사를 건 도박

간병의 나날이 조용히 이어졌다. 그러나 이 고요한 일상에 조금씩 불안한 구름이 드리우고 있었다.

그날의 저녁 식사 메뉴는 돈가스덮밥이었다. 전날 아버지가 돈가스덮밥이 먹고 싶다고 해서 퇴근길에 슈퍼마켓에서 돈가스를 샀다. 아버지가 좋아하실 것 같아 처음으로 돈가스덮밥에 도전하여 식탁에 차려냈다.

평소 요리하는 동안 아버지는 테이블에 앉아 완성되기를 기다렸는데 이날은 침대에 그대로 누워 계셨다. 얼마 전에 내가 감기에 걸려 콜록거린 바람에 아버지에게 옮았을지 모른다. 요 며칠은 식사 직전까지 침대에 누워 계시는 일이 많았다.

"감기 옮은 거 아닌가 모르겠어요" 하고 내가 말하자

"괜찮다. 별거 아니야" 하고 말씀하셔서 걱정하지 않았다.

나는 침대에 누워 있는 아버지 머리맡에 가서 식사 준비가 끝났음을 알렸다.

"어제 말한 돈가스덮밥이에요."

"오늘은 됐구나."

아버지에게서 의외의 말이 돌아왔다.

뭔가 이상했다.

"괜찮아요?" 하고 물어도 아무 말도 못하고 그저 눈을 감은 채 가만히 누워 계셨다. 찬찬히 살펴보니 평소보다 안색이 붉은 듯했다.

아버지의 몸에 뭔가 이상이 생긴 것이 분명했다.

젊은 시절 아버지는 감기로 몸져누워도 의사를 찾지 않고 하루 동안 꼼짝 않고 이불 속에 누워 있다가 다음 날 아무 일도 없었다는 듯 일을 시작하곤 하셨다. 그때의 기억이 있어서 이번에도 침대에 가만히 누워 회복되기를 기다릴까 생각했으나 아무래도 여든하고도 중반을 넘긴 노인에게 자연 회복력이라는 것이 한계가 있을 터.

"구급차를 부를까요?"

귀에 대고 속삭이니 아버지는 가늘게 눈을 뜨고 망설이는 듯 하였으나 재차 어떻게 할지 물으니 살짝 고개를 끄덕였다.

대수롭지 않은 감기가 노인에게는 치명적이 될 수도 있다. 구급차가 센조쿠이케의 에바라병원에 도착했을 때 아버지의 증상은 예단할 수 없는 상태가 되어 있었다. 곧바로 중환자실로 옮겨졌다. 의사들이 여러 검사를 하는 모양이었으나 나는 무슨 일이 일어났는지 알 수 없었다. 병원에 도착할 때는 아직 의식이 있었으나 응급실에 들어가자마자 바로 혼수상태에 빠졌다.

의사가 이야기를 하고 싶다고 했다. 무슨 일이냐고 물으니 지금 상태로는 매우 위험하다는 것이다. 호흡이 불규칙한 모양이었다. 의사의 설명으로는 산소는 잘 주입하나 이산화탄소를 체외로 배출하지 못한다고 했다. 혈중 이산화탄소 농도가 과도하게 높아져 이 상태로는 생명이 위중했다. 이를 해결하기 위해서 인공호흡기를 사용하는 방법이 있으나 이를 일단 부착하면 떼지 못할 수도 있는 모양이었다.

인공호흡기에 관해서는 이전에 뇌사 관련 책에서 읽은 적이 있다. 이것을 부착하는 한 인간은 생명을 연장할 수 있다. 호흡기를 떼면 살인죄에 걸릴 가능성이 있다고 책에 쓰여 있었다. 즉 인공호흡기를 부착하면 죽는 것조차 불가능해진다는 의미기도 했다. 죽을 권리마저 빼앗겨버린다. 당연한 일이지만 이때는 그런 형이상학적인 것을 생각할 여유가 없었다. 어제까지 아무 일 없이 식사를 하시던 아버지가 이런 상태에 빠졌다는 사실에 나는 말문이 막혔다.

"다른 방도는 없습니까?" 하고 의사에게 물으니 "얼굴 전체를 덮는 호흡보조기가 있지만 지금 그것이 병원에 없습니다. 주문해서 도착할 때까지 얼마간 시간이 걸립니다"라는 답변이 돌아왔다.

시간적 여유가 얼마 없는 듯했다. 의식이 없는 본인에게 확인할 방도가 없으므로 내가 결단을 내려야 한다고 스스로를 다잡았다.

"인공호흡기는 하지 않겠습니다. 아버지는 그런 기구로 연명하길 바라지 않으실 겁니다. 뭔가 다른 방법이 있다면 거기에 걸어보고 싶습니다."

그야말로 생사를 건 도박이었다. 그런 도박을 할 권리가 내게 있다고는 생각하지 않지만 이때는 달리 아무 생각이 떠오르지 않았다.

"저도 그게 좋겠다고 생각합니다. 바로 주문해보겠습니다"라

나를 닮은 사람

고 말하며 의사가 돌아갔다.

결국 영양분 보급을 위한 링거액과 산소 농도, 심장박동 등을 측정하는 기계를 매단 채 호흡보조기가 도착하기를 기다리기로 했다.

좀처럼 보조기가 도착하지 않았다. 1시간 정도 경과했을까. 다시 의사가 와서 "급격히 혈중 이산화탄소 농도가 개선되고 있어서 이대로 가면 위기를 모면할 수 있겠습니다. 아니, 이미 위기를 넘기신 듯합니다" 하고 알렸다.

나는 믿을 수 없는 이야기라도 되는 양 의사의 말을 듣고 있었다. 안도는 그 뒤에 찾아왔다.

"살았다." 나는 호흡 기능이 갑작스레 호전된 아버지를 향해 중얼거렸다. 그날부터 다음 날 아침 트위터에는 이런 기록이 남아 있다.

3월 16일(화) 17:04

현재 에바라병원. 부친 입원.

같은 날 23:17

조금 전 에바라병원에서 귀가. 아버지 용태는 현재 아슬아슬 외줄 타기.

내일이 되면 분명해지겠지. 아니, 여러 가지 상황이 복잡하다.

3월 17일(수) 09:56
부친 극적으로 회복. 10시에 퇴원하시겠단다. 중환자실에 누워 있는 환자
가 무슨 말을 하는 거예요.

같은 날 09:59
극적인 회복은 체내 이산화탄소 농도가 급격히 내려갔기 때문이다. 한때
는 90까지 떨어졌다.

　이제 안심할 수 있는 상태라는 말을 듣고 복도로 나왔더니 뒤
늦게 도착한 호흡보조기가 있었다. 영화 〈스타 워즈〉에 나오는
다스 베이더의 가면 같았다.
　결국 하룻밤 사경을 헤매고 아버지는 자신의 발로 사바세계로
다시 돌아오셨다. 그러나 돌아온 아버지는 어제까지의 아버지가
아니었다.

제 5 장

간병의 관문

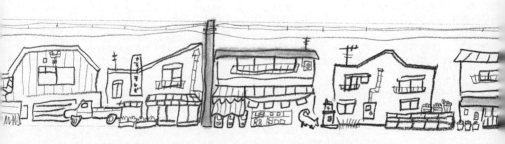

인간의 나약함

나는 지금부터 '나를 닮은 사람'에 대해 이야기하려 한다. 여기서 '나를 닮은 사람'이란 한 달 전쯤 돌아가신 내 아버지를 말한다.

위태로운 고비를 넘겨 목숨을 건진 아버지는 중환자실에서 일반 병동 2인실로 옮겨졌다. 그곳에는 이미 치매인 듯한 환자가 있었다.

아버지의 의식은 회복되었지만 곧바로 혹독한 섬망 증세가 나타났다. 섬망이란 앞에서도 설명했지만 환각이 보이거나 시간 감각이 뒤엉키거나 의식이 혼탁해 망언을 하는 증상으로, 응급 상태로 입원한 노인에게 흔히 볼 수 있는 증상이라고 한다.

병동에는 매일 친척이나 주민자치회 사람들이 병문안을 왔는데 이상한 소리를 반복하는 아버지를 보고 놀라며 돌아가는 일이 허다했다.

이 증상을 모르는 사람들의 입장에서는 히라카와 씨가 결국 망령이 들었다고 생각했을 것이다. 섬망에는 몇 가지 타입이 있는 모양인데 외관상으로는 치매와 거의 구별이 되지 않는 느낌이었다. 경우에 따라서는 치매와 섬망이 동시에 나타나는 경우도 있어서 그 명확한 선은 섬망의 회복 결과를 보기까지 분명하지 않다.

입원 초기 나는 매일 오전과 퇴근 귀갓길에 병원에 들러 상태를 보았다. 처음 아버지의 섬망을 접할 때는 얼마간 충격이었다.

"저기 있는 애들, 위험해. 이쪽으로 데려와라."

처음엔 무슨 말을 하는 건가 해서 대답을 했다.

"아이들이라니 무슨 말이에요?"

"위험하다니까. 어째 말을 안 듣냐."

"애들은 없어요."

"있잖아."

거의 역정을 내는 목소리였다. 환각을 보고 있다는 것은 바로 알았지만 어찌해야 좋을지 당황스러웠다.

"아버지, 지금 어디예요?"

"바다잖아."

"어디에 바다가 있어요?"

"저기 있잖아. 파도가 높으니까 아이들을 이쪽으로 데려오라고."

"아니, 여기는 병원이에요. 아버지 입원했잖아요."

"알아, 하지만 애들 좀 어떻게 해봐."

이런 뒤죽박죽의 대화가 이후에도 몇 차례나 계속됐다. 때로는 집에 가시겠다고 침대에서 내려오려고 해서 양손을 묶기도 했다. 이때는 아직 팔에 힘이 있었다. 도대체 어떤 의식 상태일까. 현실과 환영을 동시에 살고 있는 것일까?

입원 초기에 의사는 섬망에 대해 설명해주었다. 섬망은 마치 백일몽을 보는 것과 같은 상태로, 사람에 따라 회복하는 시간이 다르고 했다. 대개의 경우 두서너 날에서 일주일 정도에 정상으로 돌아온다고 해서 이때는 살짝 안도했다. 호흡곤란에서 회복된 지금은 특별한 질병의 징후가 보이지 않으니 섬망이 사라지면 일주일 정도 후에 퇴원할 수 있을 것이다.

3월의 공기는 아직 차가웠다. 회사와 병원을 정신없이 드나들던 그해 겨울은 특히 추위가 사무쳤다.

의사의 설명과 달리 바로 회복될 것이라던 섬망 증세가 좀처럼 잡힐 기미가 보이지 않았다. 3월이 지나고 5일째가 돼도 침대에 누워 엉뚱한 곳만 보며 손을 휘저었다.

섬망의 대부분은 주민자치회 일과 자신의 과거사에 관한 것이었다. 자신이 만든 주민자치회가 이렇게나 뿌리 깊이 의식의 기저에 잔존하고 있는지 새삼 놀랐다. 생각해보면 취미가 많던 어머니와 달리 특별한 취미도 없던 아버지에게 있어 주민자치회는 모든 것이었으며 자신의 존재 이유였는지 모른다. 섬망이라는 마음의 안개가 언제 어디서 걷힐지 도무지 예측할 수 없었다.

3월 21일(일) 17:50

입원 6일째. 아버지의 섬망은 여전히 진행 중. 주민자치회 일이나 자신의 옛날이야기를 끊임없이 말한다. 인간의 불가사의한 뇌를 엿보는 심정으로 아버지의 말을 듣고 있다.

3월 26일(금) 22:24

오늘도 병원. 연하장애(삼킴장애 ─ 옮긴이) 환자용 젤리 형태의 저녁 식사를 스푼으로 입에 떠먹였다. 어제는 새끼손톱 정도였는데 오늘은 탁구공 정도 드셨다. 의식은 어제보다 섬망이 심하다. 일진일퇴. 가슴이 아프다.

나를 닮은 사람

아버지는 눈에 띄게 말라갔다. 원래 체구도 작은 아버지가 한 층 오그라들었다. 먹는 것이 없으니 당연한 일이겠지만 야위는 상태가 심상치 않다. 링거액을 꽂은 팔이 자줏빛으로 변했다. 섬 망도 전혀 개선의 여지가 보이지 않는다. 아니 오히려 악화되는 듯하다.

생각다 못해 나는 주치의인 여의사에게 상담을 해보았다. 그 녀도 경과가 잘 납득되지 않는 모양이었다. 그녀 앞에는 매일 아 버지의 상태가 기록된 보고서 같은 것이 놓여 있었다.

"오래가네요."

"원상태로 돌아오실까요?"

"그러리라 생각합니다만 그 밖에 큰 이상도 보이지 않고. 가급 적 일상의 리듬을 되찾을 수 있도록 연구해봅시다."

"어떤 것이오?"

"가급적 대화를 많이 해주세요. 그리고 밤과 낮을 구별해주실 것. 오늘이 무슨 요일이라든지, 세상에서 무슨 일이 일어났는지, 생활에 변화를 주는 것이지요. 아, 그리고 뭔가 목표가 필요할지 모르겠습니다."

유용한 조언이었다. 나는 이 여의사를 믿어도 되겠다고 생각 했다. 아니, 믿을 수밖에 달리 방법이 없었다고 해야 할 것이다.

자유로운 시간과 그렇지 않은 시간

다음 날 아침 침대 위 벽에 큰 달력을 걸고 일전에 결정된 조카의 결혼식 날짜에 빨간색으로 동그라미를 쳤다. 이날은 아버지에게 있어 첫 손자의 결혼식이다. 이날까지는 퇴원해서 결혼식에 참석하는 것을 목표로 세웠다. 병원 앞뜰에 있는 벚나무에 간간이 꽃이 피기 시작했다.

"오늘은 3월 27일 토요일이에요."

확인하듯 알려드리자 아버지는 "그렇구나. 토요일이냐" 하고 조금씩 현실을 되찾는 것처럼 보였다. 섬망이라는 현실과 달력 속의 또 다른 현실이 서로 싸우는 듯한 느낌이었다. 달력 속의 현실에는 우리가 알고 있는 시간이 흐르고 손으로 잡을 수 있는 실체가 존재하며 느낄 수 있는 냄새와 색이 있다. 섬망이라는 현실은 아버지의 뇌 속에만 존재하고 있으며 거기에 흐르는 시간은 크게 왜곡되어 있다. 언제든 좋을 때 불러낼 수 있는 시간이다. 그러나 이것도 아버지에게는 분명한 현실이다.

우리에게 시간이란 자유롭게 불러내거나 늘렸다 줄였다 할 수 없는 절대적인 것이다. 그리고 이것에서 자유롭지 않다는 것을 경험을 통해 인지하고 있다. 우리들은 이 시간과의 관계 속에서

기다리는 것이나 참는 것, 시간이 해결해주는 것에 때로는 의지
하는 법을 학습해왔다. 아버지가 자유롭게 불러내는 섬망 속의
시간에서 벗어나 스스로 자유롭지 못한 시간의 감각을 되찾는
것만이 이 둘의 현실을 하나의 현실로 되돌릴 수 있다.

"아버지, 이날 S의 결혼식이 있어요. 이날까지는 퇴원하도록
해요."

이렇게 말하자 아버지는 빨강 동그라미를 친 달력 속의 날짜
를 초점 없는 눈으로 바라보았다.

목표 설정의 효과인지 입원 2주 만에 개선의 징조가 나타났다.
섬망의 안개가 걷히고 섬망이라는 현실에서 달력 속의 현실로
되돌아오는 듯했다.

"결혼식까지는 퇴원하도록 해요" 하고 평소처럼 말을 했는데
"힘써보마"라는 대답이 돌아왔다.

섬망 상태에서 아버지가 내뱉은 말과 간호사와 사소하게 옥신
각신한 것 등에 대해 물어보았지만 놀랍게도 전혀 기억하지 못
했다. 반각반수 같은 상태라 들었는데 이것들이 뇌 속에서 동시
에 발생하는 것이 아니라 한쪽이 이기면 다른 쪽은 완전히 소실
되어버리는 구조인 듯했다. 서서히 달력 속 현실의 색채가 더 짙

어지는 것이 체감될 정도였다.

간호사에게 큰 소리로 욕설을 퍼부은 것에 대해 물어보자

"그랬나, 그런 일이 있었느냐, 그랬어?"

"기억 안 나세요?"

"그랬나, 그런 일이 있었냐?"

몇 번이나 고개를 갸웃하며 공백의 시간을 찾아 헤매다가 끝내 지치는 기색이었다.

3월 29일(월) 16:09

아침, 은행. 점심, 기획서 작성. 저녁, 병원. 어제는 처음으로 아버지 용태에 빛이 보여 기분 좋게 귀가할 수 있었다. 이제까지는 실망의 연속이었다. 뭐, 일진일퇴겠지만 조금이라도 좋은 징조가 있으면 기쁘지 않을 수 없다.

3월 30일(화) 21:45

병원에서 의식을 회복 중인 아버지와 1시간 남짓 이야기를 했다. 인간의 나약함. 귀가하여 생강돼지고기구이를 만들어 먹었다.

나를 닮은 사람

결혼식까지

4월이 되자 섬망의 안개는 대부분 걷혔다. 이즈음부터 매일 오전 중에 재활 요법이 시작되었다.

"열심히 하고 계세요"라는 간호사의 말을 듣고 뭐든 열심히 하는 것이 아버지의 특징이라는 사실을 새삼 깨달았다.

지금 아버지에게는 재활 치료사의 기대치를 뛰어넘는 경과를 보이는 것만이 살아가는 자랑인 듯 보였다. 무의미한 자랑이고 내세울 것 없는 의지이나 그런 것이 쌓여 인간은 현실에 발을 디디고 사는 것일 게다.

나는 아버지의 몸 상태를 살펴 휠체어에 앉힌 뒤 병원 실외 정원으로 나가보았다.

흡연 구역 옆에 큰 벚나무가 있어서 그 옆에 휠체어를 세웠다. 몇몇 환자가 담배를 피우고 있었다. 나도 담배에 불을 붙여 바깥 공기와 함께 크게 들이마셨다. 차가운 바람에 벚꽃이 흩날렸다. 그래도 햇볕을 쬐고 있으면 따뜻함이 느껴졌다.

겨울 한가운데서 어머니를 보내고 벌써 벚꽃이 피는 계절이 되었다. 우리 집 사정과는 무관하게 자연은 오로지 시간에만 순종하여 변화를 이루고 있다.

벚나무 아래에서 휠체어에 앉은 아버지와 햇볕을 쬐고 있는 아들. 어딘가에서 본 듯한 광경처럼 느껴졌다. 아버지는 1개월 만에 바깥 공기를 쐬고는 당황한 듯도 싶고, 기쁜 듯도 싶은, 뭐라 말할 수 없는 표정을 지었다.

4월도 2주가 지나가자 아버지의 얼굴이 꽤 좋아져 예전의 완고한 편린을 엿볼 수 있었다. 그럼에도 아버지의 몸도 성격도 입원 전과는 크게 달라져 있었다. 마치 용궁에서 돌아온 나무꾼같이 급격히 나이를 먹은 모습이었다.

원래 집에서는 말씀이 없으셨으나 섬망이 사라지고 난 뒤에는 거의 말을 하지 않고 멍하니 먼 곳을 바라보는 시간이 많아졌다. 그럼에도 나는 터무니없는 말을 하는 아버지를 보는 것보다는 현실의 세계로 돌아온 정상적인 아버지를 보는 것이 좋다고 생각했다.

그러나 그것이 정상인지 아닌지 외관만으로는 잘 판단이 서지 않았다. 약해질 대로 약해진 체력과 생각대로 되지 않는 기억력으로 실망한 듯 풀이 죽은 아버지를 보고 있으면 애처로웠다.

설마 내가 아버지에 대해 애처롭다는 감정을 가지리라고는 생각지 못했지만 이때는 진심으로 애처롭다고 느꼈다. 이것은 부모와 자식의 위치가 서로 바뀌는 것이기도 했다. 누구나 인생의 어느 지점에서 부모와 자식의 관계가 역전된다는 사실과 조우한다. 예전엔 그 지점이 훨씬 이전이었다. 그러나 장수 국가가 된 일본에서는 역전이 일어나는 시점이 자식도 노년에 들어선 이후가 되어버렸다. 이는 필연적으로 사람이 좀처럼 어른이 되지 못한다는 것을 의미한다.

회사에서 일할 때는 숨 가쁘게 시간이 흘러가지만 병원 문을 열고 들어오면 정체된 듯 조용히 흘러갔다. 그럼에도 현실의 시간은 확실히 지나가고 있었다.

목표하던 손자의 결혼식이 다가왔다. 의사도 결혼식까지 퇴원을 목표로 노력을 기울여주었지만 침대에서 스스로 일어나기까지는 아직도 멀어서 조금 더 재활 훈련을 하면서 상태를 지켜보기로 했다.

"어떠신가요?" 하고 의사에게 물으면

"본인도 열심히 하고 계시니 어떻게든 결혼식까지는 퇴원할 수 있도록 해보지요" 하고 말해주었다.

다만 그것은 퇴원이 아니라 결혼식 전날 일단 집에서 외박을 하고 결혼식에 출석한 뒤 곧바로 병원으로 돌아오는 것이었다.

"어때? 결혼식에 갈 수 있겠어요?"

아버지에게 물어보면 살짝 고개를 끄덕이셨으나 어딘가 불안한 기색도 있었다.

그럼에도 그날을 목표로 분발해왔다. 아내를 잃은 이후 아버지에게 이 결혼식은 최대 이벤트였던 것이다. 이는 동시에 얼마 남지 않은 삶의 목표의 하나이기도 했다. 그렇다고 기실 누군가가 내게 별다른 삶의 목표가 있느냐고 물어본다면 쉽게 대답이 나오지 않겠지만……

다음 날 아침 나는 아내와 함께 휠체어를 차에 싣고 병원으로 향했다.

4월 17일(토) 17:00

아버지 귀가. 일단 외박 허가를 1박만 받아 내일 휠체어로 손자 결혼식에 참석한다. 이를 목표로 투병해왔으니 우선은 관문 돌파.

나는 맑은 닭국을 만들어놓고 아버지의 귀가를 준비했다.

병원에서 집까지 차 안에서 아버지는 옛날이야기를 꺼냈다.

"저기에 회사가 있잖아. 예전엔 자주 드나들며 일감을 받았다."

처음으로 듣는 이야기였다. 유키가야 역 부근을 통과하는 참이었다. 유키가야 역은 본가가 있는 구가하라 역에서 이케가미 선으로 두 정거장 떨어진 역으로 같은 동네라고 하기에는 거리가 있었다. 동네 부근에서 일을 하청 받았다고 생각했는데 실제로는 먼 곳까지 찾아다니신 것이다.

나는 옛날 사진을 보는 듯 차창 너머 풍경을 바라보았다. 젊은 시절의 아버지가 가방을 메고 거래처로 걸어가는 듯한 느낌이 들었다. 이 일대는 내가 다니던 가라테(공수도) 도장이 있어서 훤히 꿰고 있건만 이때는 전혀 다른 낯선 거리처럼 보였다.

1개월 만에 아버지는 자신의 집으로 돌아왔다. 그날 밤은 결혼식 스케줄 등을 이야기하면서 아버지와 오랜만에 식탁에 마주앉아 저녁 식사를 했다. 모처럼 닭국을 준비했건만 그때까지 거의 유동식만 드시던 아버지는 입에 조금 대는 둥 마는 둥 하다가 손을 내저으셨다.

식사가 끝나자 아버지는 조용히 텔레비전 화면을 보는 듯하였으나 이전처럼 방송을 즐기는 기색이 없이 단지 달리 할 일이 없어서 텔레비전 앞에 있는 느낌이었다.

식탁이 정리되자 눕고 싶다고 하셔서 위생팬티를 갈아입히고

교환용 패드를 붙여드린 뒤 나는 내 방으로 올라갔다.

"무슨 일이 있으면 이것을 울리세요" 하고 작은 종을 머리맡에 두었다.

그날 밤엔 두 번 불려 내려갔다.

첫 번째는 소변 콜이었다. 나는 아버지를 침대에서 일으켜 세워 환자용으로 개조한 변기로 모시고 가 파자마를 벗기고 용변을 도왔다.

두 번째 불렸을 때는 너무 깊이 잠들어 제때 깨지 못했다. 뭔가 이상한 느낌이 들어 계단을 내려오니 아버지가 침대 옆에 엎드려 있었다. 과장해서 말하면 소변의 바다를 헤엄치고 있는 듯한 모양새였다. 종을 울려도 내가 일어나지 않자 머리맡의 세면기를 두드렸지만 그래도 일어나지 않아서 스스로 어떻게 해보려고 하다 침대에서 떨어진 모양이었다. 나에게 알리기 위해 바닥을 손발로 두드리기도 하셨다. 파자마는 소변으로 흥건히 젖었고 바닥까지 스며들어 있었다.

이 광경은 오래도록 잊을 수가 없었다. 퇴원하시면 매일 이런 날이 계속되겠지 하고 생각하니 마음이 무거웠다.

다음 날 아침, 신랑의 아버지인 동생과 제수씨가 도우러 와서 출발 준비를 마쳤다. 네 명이 차를 타고 아오야마에 있는 식장으로 향했다.

활짝 갠 상쾌한 일요일이었다. 어젯밤 소동으로 어떻게 할지 걱정했으나 식장까지는 갈 수 있었다. 피로연 중간에 아버지의 체력에 한계가 와서 먼저 자리를 뜨기로 했다. 나는 접시에 가득 담긴 맛있어 보이는 스테이크를 눈앞에 두고 손도 못 댄 것이 얼마간 마음에 남았다.

본격적인 간병 생활로

3월 중순에 입원할 때는 몇 주 정도면 퇴원할 수 있으리라 생각했는데 정신을 차리고 보니 벚꽃도 지고 5월도 중순에 들어서 있었다. 그사이 나는 자전거를 구입해서 휴일엔 본가에서 병원까지 언덕 많은 길을 달려 왕래했다. 많은 시인이 노래했듯 5월의 공기는 맑고 싱그러웠으며 나무 잎사귀 위에서 햇살이 반짝반짝 튀어올랐다.

아버지의 용태는 5월에 들어 몰라볼 정도로 좋아져서 때로는 조금이나마 발을 딛고 걸을 수 있을 만큼 회복했다. 자족 보행은 퇴원의 기준이기도 했다. 퇴원까지 초읽기에 들어간 것이다.

　나는 본격적인 재택 간병 생활에 대한 각오를 다졌다. 기저귀, 요강, 갈아입을 옷 등을 사두고 케어 매니저와 가사 도우미 회사에 연락을 했다. 입원 전에 통원하던 클리닉과 이후의 방침에 대해서도 상의했다.

　퇴원은 5월 25일로 정해졌다.

　2주일 예정으로 한 입원이 2개월 이상 걸렸다.

　아내와 둘이 병원으로 아버지를 모시러 갔다.

　아버지는 왜 이렇게 늦었느냐는 얼굴로 휠체어에 앉아 기다리고 있었다.

　"감사합니다" 하고 여의사에게 고마움을 전하니

　"잘됐습니다. 한때는 어떻게 될지 몰라 걱정했습니다만" 하고 웃으면서 답례해주었다.

　병원 사람들의 전송을 받으며 나는 현관까지 아버지의 휠체어를 밀고 나갔다. 병원 문을 나서면 아버지에게는 험난한 사바세계의 바람이 기다리고 있다. 아버지는 과연 이 사바의 바람과 잘 싸워나갈 수 있을까.

　집까지 가는 차 안에서는 살짝 기분이 들떠 있었다.

　"앞으로 말예요" 하고 말문을 여니

"부탁한다" 하고 대답하셨다.

이제 너만 믿는다는 말투이다. 나는 덜컥 난감해졌지만 뭐 어떻게든 되겠지 하고 스스로를 다독였다.

당초엔 어찌할지 막막했지만 의외로 재택 간병은 순조로웠다. 한밤중의 소변도 침대 옆에 세워둔 기둥을 잡고 일어나 몇 발자국 앞에 있는 화장실까지 직접 걸어가 해결할 수 있을 정도까지 회복되었다. 밤중에 불려 내려가는 횟수가 줄었다.

아침 식사를 만들고 오늘 하루 스케줄을 확인한 뒤 회사로 출근했다. 아버지는 "오늘은 몇 시에 오냐?" 하고 늘 빼먹지 않고 물으셨다. 집에 돌아오는 시간을 확인하는 것이다.

나는 현관문을 잠그지 않고 집을 나섰다.

낮에는 매일 가사 도우미가 와서 점심을 차리고 그날의 상태를 공책에 적어놓는다.

평일에는 회사를 퇴근하자마자 집 근처의 슈퍼마켓으로 바로 직행하여 당일 저녁 식사 재료를 산다. 나는 요리에 금세 숙달되었다. 숙달이라고는 하나 요리 레퍼토리가 늘거나 기교가 필요한 중화요리나 이탈리아 요리를 만들 수 있게 되었다는 것이 아니라 단지 요리를 만드는 기량이 좋아져서 부엌에 서 있는 시간이 짧아졌다는 의미다.

밥상이 차려지는 것과 동시에 요리 과정에서 사용한 식기와 도구가 깨끗이 정리된다. 가사 도우미가 쓴 일지를 읽고, 오늘은 누가 왔는지 무슨 특별한 일이 있었는지 몸 상태는 어떠했는지 등을 물으면서 아버지와 저녁 식사를 마친다.

저녁 식사가 끝날 즈음에 커피를 낼 수 있도록 준비해놓는다. 잠깐 동안 디저트와 커피를 즐기는 휴식 시간이 찾아온다.

"오늘은 목욕할까요?" 하고 물으면 아버지는 언제나

"그러자" 하고 응답하셨다.

매일 하기는 힘들어서 하루 거르는 정도로 목욕을 시켜드렸다.

거실에서 상의를 벗기고 욕실 탈의실에서 속옷을 벗긴다. 벗은 속옷은 그대로 세탁기에 넣고 세제를 넣어 스위치를 작동한다. 아직 한기가 있어서 옷을 벗으면 바로 탕 안으로 들어가야 한다. 욕조에 들어가서는 몇 분간 기분 좋은 듯 눈을 감고 계셨다. 자신의 몸을 지탱하기 힘들어진 노인이 물의 부력을 이용해 앉아 있다.

"목욕물은 어떠세요?" 하고 물으면 늘 같은 대답이 돌아왔다.

"시원해. 목욕은 좋구나."

5분 정도 욕조에 앉아 있으면 아버지의 가슴 주위에서 휘휘 하는 이상한 소리가 났다. 폐기종이 있어서 금세 호흡이 힘들어지는 모양이었다. 욕조에서 일으켜 둥근 의자에 앉히고 머리와 몸을 씻어드린다. 등이 가려운 모양인지 세게 닦아달라고 채근하셨다.

추워서 재빨리 손을 놀리지만 기저귀를 차고 있는 사타구니만큼은 세심하게 닦았다. 처음에는 서로 저항이 있었지만 익숙해지면 아무렇지도 않게 된다. 축 처진 물건을 잡아당기고 쓱쓱 씻을 수 있게 된다.

항문에 손가락을 찔러 넣어 막힌 변을 긁어낸 적도 있다. 이렇게 하지 않으면 변비에 걸리기 때문이다. 아마도 장이 연동운동을 못하기 때문에 설사와 변비가 반복되는 모양이다. 그래서 대변을 지린다.

낮 동안 가끔 아버지가 갑자기 소리를 지를 때가 있는데 대개는 대변을 지릴 때였다. 쌓여 있다가 터져 나온 설사는 얇은 위생 팬티의 제방을 간단하게 무너뜨렸다. 대변을 지릴 때마다 아버지의 자존심도 여지없이 무너졌다.

"왜 이러는지 모르겠다"라며 면목이 없는 듯 변명을 하셔서

"나이가 들면 다 그래요" 하고 대답했지만 순간의 위안밖에 되

지 않는다는 것을 알고 있었다.

생각해보면 사타구니를 씻기는 것이 간병의 첫 번째 장애물을 넘는 것이었다. 필시 어머니라면 힘들었을지 모르겠다. 타인이라면, 그것도 간호 목적이라면 아무런 거리낌이 없었겠지만 아무래도 육친의 사타구니에 직접 손을 대는 것에는 저항감이 크다. 더구나 어머니의 사타구니라면 한층 간단치가 않다. 어머니가 간호를 받기 전에 돌아가셔서 그 관문까지 가지 않게 된 것은 다행이다.

샤워기로 비눗물을 닦아내면 재빨리 온몸을 수건으로 닦고 위생팬티, 잠방이, 바지, 긴소매 속옷, 스웨터 순으로 입힌다. 거실로 나와 머리를 다시 한 번 수건으로 털어낸다.

"시원하죠?"

"그래, 목욕은 좋구나."

이런 대화를 얼마나 되풀이했던가. 그리고 이 대화가 얼마나 행복감을 가져다주는지 실감했다.

"목욕은 좋구나" 하는 말속엔 말로는 다 표현하지 못하는 많은 의미가 담겨 있는 듯 전해졌다. 이런 감정은 간호하는 사람만이 느낄 수 있는 특권이다.

먹는 것과 목욕하는 것. 당시 아버지에게 사는 낙은 오로지 이

그래,
목욕은 좋구나.

시원하죠.

두 가지밖에 남아 있지 않았다.

몸 상태가 더 이상 좋아질 가망이 없음은 나와 아버지 모두 알고 있었다. 주민자치회 회장에 복귀하는 것도, 자기 발로 걸어서 돌아다니는 것도, 뭔가 새로운 취미를 시작하는 것도 불가능했다. 체중이 33킬로그램밖에 안 되고, 몸을 지탱하고 제어하기 위한 에너지는 어디에서도 찾아볼 수 없었다.

앞으로 몇 년을 더 사실지 알 수 없으나 거기엔 희망이라는 것이 거의 존재하지 않는다는 사실만큼은 확실했다. 나는 늙고 병든 채 산다는 것의 의미를 생각하지 않을 수 없었다.

나를 닮은 사람

제
6
장

죽음에의 친밀감

4천의 낮과 밤

아버지의 입원으로 정신없이 보내는 사이에 2010년도 절반이
지나가버렸다.

북풍이 몸에 스며드는 추운 겨울에 입원하셔서 회복에 맞추기
라도 하듯 벚꽃이 피고, 퇴원할 때는 나무에 어린잎이 돋아나 있
었다. 그리고 정신을 차리고 보니 나무들은 일제히 푸른 잎으로
우거져, 숨이 막힐 듯한 생명력을 발산하고 있다. 자연은 인간에
게 무심하지만 한편으론 늙음과 죽음과 재생이라는 변화의 양상
을 보여준다.

평일엔 차를 이용하지만 주말이면 자전거를 타고 봄바람 속을
달려 병원을 오갔다. 아버지가 퇴원한 뒤엔 약간 본격적인 라이
딩을 위해 드롭바 자전거로 바꿔 간병하는 틈틈이 짬을 내어 다
마 강이나 낯선 거리를 달렸다.

"잠깐 나갔다 올게요" 하고 알린 뒤 외출하는데 낮 동안에 가사 도우미가 와주어서 저녁 무렵까지 이 동네, 저 동네를 달릴 수가 있었다. 자전거는 간병으로 집에 묶여 있어야 하는 내게 상상 이상의 즐거움을 주었다. 나는 잊고 있던 계절 감각을 되찾을 수 있었다.

나와 아버지의 매일은 퇴원 후에도 그다지 달라지지 않은 듯했으나 바깥세상은 확실히 변모하는 모습이었다. 있던 것이 없어지고 모르던 것이 만들어졌다. 살아 있는 것은 짧은 시간에도 형태가 변화했다. 계절은 죽음과 삶이 교차하듯 한순간에 바뀌었다.

새로운 것이 탄생하기 위해서는 뭔가가 죽지 않으면 안 된다. 이것의 의미를 조금씩 이해하게 됐다. 황지파荒地派(1947~1948년, 영국의 시인 T. S. 엘리엇의 시 '황무지The Waste Land'를 빗대어 이름 붙인 동인지 「황지」에서 활동하던 시인들 – 옮긴이)의 대표적 시인인 다무라 류이치는 대표작 '4천의 낮과 밤'에서 그것을 이렇게 표현하였다.

한 편의 시가 탄생하기 위해서

우리들은 죽이지 않으면 안 된다

많은 것을 죽이지 않으면 안 된다

사랑하는 많은 것을 사살하고, 암살하고, 독살하는 것이다.

다무라 류이치 '4천의 낮과 밤' 제1연에서

1956년에 쓰인 이 작품에 담긴 '4천의 낮과 밤'이란 무엇일까. 오랜 시간 생각했으나 좀처럼 실마리가 잡히지 않았다. 그러던 어느 날 인터넷을 보다가 이 4천의 낮과 밤이 1945년 종전에서 이 작품이 탄생하기까지 반복된 낮과 밤 수의 총합이라는 사실을 알았다. 다무라는 이 시의 비밀에 대해 어느 인터뷰에서 그렇게 토로하였다.

관념적인, 구조적인 시라는 것은 알고 있었으나 그 의미를 알게 되면서 이 시가 전우들에게 보내는 다무라 나름의 진혼곡이라는 사실이 깊이 전해졌다. 역시 시인이란 10년이라는 시간 감각을 순간의 언어로 표현해내는 사람이라고 감탄하였다.

이 시에서 4천의 낮과 밤을 통해 시인 다무라 류이치가 구하고자 한 것은 '한 마리 작은 새의 떨리는 혀'이며, '단 한 명의 굶주린 아이의 눈물'이며, '한 마리 들개의 공포'였다. 그런데 이것들은 도대체 무엇을 의미하는 것일까? 그것들은 생의 파편이고, 이를 느끼며 살아가기 위해서는 실은 수많은 죽음의 가담이 필요하며, 동시에 죽음의 망각이 필요하다.

나는 다무라의 시를 이렇게 읽었다. 아니, 이 시 속에 있는 생과 사는 두 개의 얼굴을 지녔지만 거의 같은 것과 다름 아니다.

두 번의 죽음

2009년 12월에 어머니를 잃고 이날까지 불과 '2백의 낮과 밤'이 반복되었을 뿐이지만 그 '불과' 사이에도 생과 사는 속절없이 되풀이되어 내게까지 밀려들었다. 이즈음 나는 두 번의 죽음과 조우했다. 그것은 사회와 단절돼 신변이 수미터밖에 되지 않는 사람에게도 찾아오는, 말하자면 누구에게나 일어나지만 누구도 그 의미를 찾지 않는 사건일지 모른다. 그러나 그 내향적인 작은 사건이 없다면 내겐 세계 또한 존재하지 않는다.

세상은 신문의 큰 제목이 될 만한 사건이나 미디어에서 평론가가 해설하는 사건으로 이루어지는 것이 아니다. 내게는 신변에 굴러다니는 자잘한 사건의 집적이 의미 있는 세계이다. 만약 그렇지 않다면 '4천의 낮과 밤'도 단순한 숫자에 지나지 않는다.

숫자가 살아 있는 자의 흔적으로 되살아나기 위해서는 수의 의미 속으로 헤치고 들어가 그 낮과 밤 사이에 일어난 작은 사건이 무엇이었는지 캐물을 필요가 있다.

6월 14일(월) 13:16
리나 카페에서 상처 입은 까마귀 새끼를 보호 중. 〈노랑 까마귀(1957년에 제작된 영화 제목 - 옮긴이)〉 리나 카페 편이 시작되는 것일까?

리나 카페란 내가 경영하는 회사 리눅스 카페를 말한다. 이날 갑자기 회사 입구에 한 마리 새끼 까마귀가 날아들었다. 나와 직원들은 이 까마귀가 날 수 있을 때까지 일단 회사에서 보호해주기로 했다.

그러나 어미와 생이별을 하고 날지 못하게 된 까마귀는 우리가 가져다주는 먹이를 한사코 받아먹지 않았다. 그것은 마치 가축이 되기를 거부한 까마귀라는 생명체의 긍지인 양 느껴졌다. 힘껏 벌린 부리 안에서 작고 빨간 혀가 파르르 떨렸다. 그리고는 맹금류 같은 울음소리를 내지르고 머리를 흔들며 먹이를 주려는 우리를 거부했다.

우리는 어찌할 도리가 없었다. 단지 외부 적으로부터 몸을 지

킬 수 있는 골판지 오두막을 만들어주는 것이 고작이었다. 아니, 까마귀 입장에서 보면 우리들이야말로 외계의 적 그 자체였을지 모르겠다.

며칠 후 회사에 출근해보니 까마귀가 어딘가 종적을 감추었다.

찾아보니 회사 밖 담벼락 위에 축 늘어진 모습으로 달라붙어 있었다. 다시 사무실로 데려갈까 생각했으나 우리는 그대로 두기로 했다. 어미 까마귀가 찾고 있어서 만약 발견하면 어미만이 가능한 구조를 해줄지 모른다고 기대했다.

그러나 우리들의 기대를 여지없이 저버리고 다음 날 까마귀가 문 앞에 죽어 있었다.

가련한 죽음이었다.

가련하지 않은 죽음이 있을까 싶기도 하다.

우리들이 아무것도 하지 않았어도 필시 이 까마귀는 죽었을 것이다. 다만 우리가 뭔가를 함으로써 이 작은 생명에 관계한 듯 느껴졌다. 그것은 지금까지 인식해본 적 없는, 불가사의한 감정이었다.

그리고 며칠 후의 일이었다. 회사에서 가장 젊은 N군이 심근경색으로 입원했다는 보고가 들어왔다. 상황이 급박했다. 설마 몸집이 제일 크고, 가장 어린 N군이 심근경색으로 쓰러지리라고는 상상도 못한 일이다.

큰 수술을 견디고 일반적이라면 가망이 없겠다고 할 시점에 N군의 몸은 놀랄 정도로 끈기를 보여주었다.

나와 회사 동료들이 상태를 보러 가면 커다란 몸집으로 침대에 누워 일절 움직임이 없었지만 그 몸 내부에서는 생사를 가르는 싸움이 격렬하게 진행되고 있음이 느껴졌다. 한동안 뼈와 살만 남은 아버지를 봐온 나는 N군의 야무진 몸과 탄력 있는 피부를 보고 이 녀석이 죽을 리 없다고 스스로를 다독였다.

의사는 반드시 살리겠다고 그의 어머니에게 말했다고 한다. 우리도 어쩌면 가능하지 않겠느냐며 희망의 끈을 놓지 않았다. 그것 말고는 아무것도 할 수 있는 것이 없었다.

초조하게 1주가 지났다.

잠시 회복의 기미를 보이는 듯했지만 N군은 결국 다시 눈을 뜨지 못했다.

N군의 장례식은 지가사키茅ヶ崎의 햇볕이 뜨겁게 내리쬐는 무더위 속에 진행됐다. 그날은 바다 축제를 장식하는 가마가 거리에서 춤을 추었다. 우연이지만 그날은 내 생일이기도 했다. 환갑날이 장례식 날이었다. 기묘한 인연을 느꼈지만 가급적 이를 생

각하지 않으려 했다.

N군은 병실 천장을 올려다보며 무슨 생각을 했을까. 자신이 죽는 것조차 인식하지 못한 것은 아닐까.

그것은 불행한 일일까. 혹은 늙음과 죽음이라는 것을 보지 않고 저세상으로 떠나버린 것이 나쁜 것만은 아니지 않을까. 늙음의 한복판에서 살고 있는 아버지를 보고 있으면 어쩔 수 없이 죽음에 대해 친밀감이 커진다.

장례식장에는 N군과 그의 어머니, 젊어서 돌아가신 N군 부친의 가족사진이 슬라이드로 흘렀다. 몇 장의 스냅사진 속에 세 식구의 모습, 어린 N군과 함께 친구와 지인인 듯한 사람들이 비쳤다.

멍하니 보고 있으니 그중에 이시하라 유지로(배우이자 성우, 가수 - 옮긴이)가 있었다. 저 사람이 정말 유지로일까? 유지로가 왜 N군의 가족과 함께 사진 속에 있을까? 지가사키 지역의 어딘가와 인연이 있는 것일까? N군의 가족과는 어떤 이야기를 나누었을까?

유골함에 다 들어갈 수 없을 만큼 유골을 수습하는 동안 이런 것 말고는 도무지 정리된 생각을 할 수가 없었다.

후에 N군의 어머니에게 물어보니 유지로처럼 보인 남자는 당사자와 아무 관계가 없는 그냥 닮은 사람이라고 했다.

　돌아오는 전차 안에서 그동안의 사건을 반추해보았다. 먼 곳에 있던 죽음이라는 것이 의외로 가까운 곳까지 와 있다는 생각을 떨칠 수 없었다. 그것은 더 이상 관념 속의 일이 아니라, 한 걸음 나서면 그곳에 있으며 그 한 걸음은 언제든 내디딜 수 있을 듯한 느낌이 들었다.

　우리는 바로 어제에서 왔으며, 그리고 고작 내일까지밖에 가지 못한다.

　　　　　　　　　　　세키카와 나쓰오《여름의 장례식》에서

　세키카와 나쓰오의 이 말을 처음 접한 이후 마치 질량이 있는 실체인 양 나의 내부에 스며들어 있었다. 이 말이 마치 소환이라도 된 듯 지금 떠올랐다. N군도 우리들도 살아 있는 시간이 그리 크게 차이 나지 않는다는 뜻이리라.

나를 닮은 사람

보이지 않는 이행기

그해 여름은 가끔 호우가 내린 것 말고는 별다른 사건이 없었다. 매일 세탁기를 돌리고, 매일 식사를 준비하면서 간병하는 틈틈이 출판사와 약속한 원고 쓰기에 몰두했다. 2006년을 정점으로 일본의 인구가 감소하기 시작한 현상이 우리들에게 어떤 의미가 있는지 숙고해보자는 내용의 논고였다.

일본 역사상 인구가 장기적으로 계속 감소한 적은 지금까지 한 번도 없었다. 어째서 이러한 현상의 중차대함을 아무도 지적하지 않는 것일까. 아무도 하지 않는다면 나라도 해야겠다는 의무감도 있었다.

간병, 회사, 간병, 집필.

간병, 회사, 간병, 집필.

일과를 처리하고 나면 아무리 기를 써도 하루에 남는 시간을 찾을 수 없었다.

아버지의 용태는 안정되었다. 아니, 안정된 듯 보였다. 지인이 찾아오면 웃는 얼굴로 응대할 수 있을 정도까지 회복되었다고 생각했다.

"다행이네요" 하고 손님이 말하면 아버지는 수줍은 듯한 얼굴

을 하고

"아직 좀 더 살아 있어도 되는 모양이오" 하며 우스갯소리를 하셨다.

나는 이 말을 몇 번이나 들었다.

어째서 이런 말씀을 하셨을까. 살아남은 것이 쑥스러운 것일까, 아니면 더 살고 싶다는 희망일까.

내가 "언제까지 사실 생각이냐?"고 조금 심술궂은 질문을 했더니 "아흔 살"이라고 진지한 얼굴로 대답하셨다.

물어보길 잘했다고 생각했다. 입원했을 때 손자 결혼식이 목표였다. 이제는 90세를 목표로 하면 된다. 앞으로 5년이나 남아 있지 않은가.

그러나 곰곰이 생각해보면 이상한 목표다. 목표 뒤에 있는 6년째는 어찌하나? 결국 그 목표의 끝은 죽음이 아닌가. 아니, 누구나 이 세상에 떨어진 순간부터 그 목표를 향해 쉼 없이 나아가고 있다. 아버지는 그 마지막 5년에 들어간 것이다. 이 마지막 5년이 짧은 것 같기도 하고 터무니없이 긴 시간처럼도 느껴졌다. 지금은 최후의 5년이 끝나기 전 소강의 시기인지 모른다. 나는 그렇게 생각하기로 했다.

그러나 실제로는 이 소강의 시기에 변화는 확실하게 일어나고

나를 닮은 사람

있었다. 변화는, 그것이 눈에 보일 때는 이미 끝나 있는 것이다. 벚꽃이 지는 것은 변화의 종료를 고하는 신호이며, 이미 눈부시게 반발할 때 벚꽃은 조금씩 밑씨에 죽음을 잉태한다.

변화는, 눈에 보이지 않는다.

그것은 2006년을 정점으로 인구가 감소하기 시작한 일본이라는 국가에 대해서도 똑같이 적용된다. 인구 감소라고 하는 눈에 보이는 상황이 벌어졌을 때 일본은 이미 커다란 변화가 종료된 것이다. 그러나 많은 사람은 그렇게 생각하지 않는 듯했다.

나는 매일 집필 작업을 하면서 일본의 변화에 대해서 생각했다. 같은 시간 계단 아래 아버지의 몸에도 변화가 일어나고 있었다. 그러나 이쪽의 경우는 기저의 변화에 눈을 떴을 때 이미 모든 것이 확연히 드러난 뒤였다.

7월 15일(목) 09:33

어젯밤 내내 끓인 야채수프와 치즈, 포도빵과 샐러드로 서구식 조식. 아침 식사 후 아버지를 목욕시켜드리고 둘이서 아이스크림을 먹었다.

현재라고 하는 이름의 폐색

　호우와 무더위가 반복된 7월이 순식간에 지나가고 아열대기후를 연상케 한 8월도 끝나가고 있었다. 간병의 나날은 내가 생각한 것보다 훨씬 단조롭게 흘러갔다. 아무 일도 일어나지 않은 것이 무엇보다 귀중하다는 사실에 각성했다. 지금까지 이런 식으로 인생을 산 적은 없었다.

> 8월 22일(일) 21:32
>
> 밥 짓고, 청소하고, 쓰레기 버리고, 일하고, 또 밥 짓고, 세탁하고, 아버지 목욕시키고, 빨래 널고, 내 책상 앞에 앉아 커피 마시고, 담배 한 대 피우니 잘 시간이 되었다. 일반적인 생활을 해나가기 위해서 최소한 완수해야 할 일은 그렇게 많지 않으나, 이를 매일 제대로 지속하는 습관을 들이기 위해서는 하고 싶은 꽤 많은 일을 포기해야만 한다. 그리고 이 습관에는 그 나름의 가치가 있다고 생각하게 되었다.

　나는 분명 이 단조로운 일상의 반복에 얼마간 가치가 있음을 인정하였다. 그러나 그것의 진정한 의미를 알게 된 것은 훨씬 뒤의 일이었다. 깨달음은 언제나 뒤늦게 찾아오는 법이다.

　　　　　　　　　나를 닮은 사람

이즈음부터 나는 아버지에 대해 미묘한 감정이 싹트는 것을 느꼈다. 그것은 한심함과 측은함이 뒤섞인 듯한 야릇한 감정이었다.

아버지는 파킨슨병으로 손끝을 떨었다. 손끝이 테이블에 닿으면 탁탁 탁탁 하고 테이블을 두드린다. 왠지 일부러 자신의 병을 내게 알리는 것처럼 느껴졌다.

내가 요리를 만드는 사이 아버지는 보지도 않는 텔레비전 채널을 계속해서 돌렸다. 텔레비전은 보지 않고 계신 것 아니냐는 말이 내내 입에서 맴돌았다.

식후엔 엄청나게 많은 약을 먹어야 하는데 아버지는 내가 약을 골라내는 동안 입을 크게 벌리고 기다리셨다. 약 정도는 혼자서 드실 수 있건만.

얼마 안 가 식사도 자신의 손으로 하지 않게 되었다. 테이블에 앉아 입을 벌리고 숟가락이 오는 것을 기다린다. 얼마간은 스스로의 힘으로 살아가려는 노력을 해야 하건만… 그러지 않으면 점점 쇠약해질 텐데.

필시 아버지는 언짢아하는 나의 기색을 민감하게 감지하였을 것이다.

"모두 힘내라, 힘내라고 하는데, 나도 힘내고 있는 거다."

이 이상 무슨 힘을 내야 하느냐는 투로 투정을 부리는 일도 있다. 단조롭고 아무 일도 일어나지 않는 것이 간병 생활의 이상이지만, 그 '아무것도 일어나지 않는다'는 것이 점차 숨을 조여왔다.

아흔까지 사는 것을 목표로 하였지만 이는 결국 5년 뒤엔 인생을 마친다는 의미이기도 하다. 이 생활에는 미래가 없다. 이 생활에는 희망이라는 것이 없다.

이런 식으로 생각하지 않으려고 했지만 그렇게 되지 않았다. 식사와 목욕 말고는 낙도 흥미도 없이 그저 반복되는 생활에서 적극적인 의미를 찾아낸다는 것은 누구에게나 쉬운 일이 아니다.

파워 프레스라는 프레스 가공 기계에 손가락 세 개를 잃고 몸이 변형될 정도로 오로지 일에만 매달려온 아버지에게 이런 만년이 기다리고 있을 줄은 본인도 상상하지 못했을 것이다. 대변을 지리고 침대에서 일어나지 못하는 스스로에게 화가 나서 "차라리 그때 죽어버렸으면 좋았을걸" 하고 화를 내기도 했다.

나는 한심한 마음을 금할 수가 없었다. 이즈음 아버지는 사는 것 자체가 고통이고, 신체의 모든 에너지는 온전히 생명을 연장하는 데만 사용하고 있는 듯했다.

그럼에도 좋다. 노인에겐 미래나 희망 따윈 마치 제자리가 없는 장식물 같은 것이다. 단지 이때 나는 오로지 자식에게 전적으로 의지하여 유아처럼 퇴행해가는 아버지가 용납되지 않았던 것인지 모른다.

이 폐쇄감을 어떻게든 해결하기 위해 나는 케어 매니저와 상담하여 이삼일 외박이 가능한 시설을 찾기로 했다. 이 밖에도 낮동안 비슷한 처지에 있는 노인들과 지낼 수 있는 데이케어 센터에도 연락을 취했다.

가쿠게이대학 역 인근에 단기간 머물 수 있는 시설을 발견하고 아버지를 차로 모시고 갔다.

오늘과 다른 내일이 있을지 모른다.

눈에 보이지 않는 변화가 필요한 것이다.

아니, 나도 이삼일 간호에서 해방될 수 있는 날이 간절했다.

그러나 사실 눈에 보이는 변화엔 큰 의미가 없었다. 눈에 보이는 변화를 좇은 결과 눈에 보이지 않는 변화를 놓치고 있었다. 드러나지 않던 변화가 나타나기 시작했을 때는 이미 변화의 과정이 끝나 있었다. 내가 쓰는 내용이 신변의 소소한 현실에서 실천하지 못하던 것이라는 사실에 자책하지만, 이미 때늦은 후회다.

간병하는 틈틈이 쓴 책이 9월 말에 출판되었다. 아마존 경제학

부문 5위에 올랐다. 그 뒤에도 판매가 순조로워 순위도 올라갔
다. 기뻤지만 한편으론 경제 관련 서적이 아닌데 하고 나는 은근
히 마음이 찜찜했다.

나를 닮은 사람

제
7
장

유
령

돈가스의 맛

기록적인 무더위가 기승을 부린 여름도 9월에 들어서자 여지없이 한풀 꺾여 선들선들한 바람이 불어왔다.

아버지의 용태는 변함이 없었지만, 뭔가 달라진 것을 꼽으라면 때로 내게 요리를 주문하게 된 것이었다. 주문이라 해도 뭔가 특별한 것을 요구하는 것은 아니고 구체적으로 거의 두 가지밖에 없었다.

"라멘이, 먹고 싶구나."

"돈가스가, 먹고 싶구나."

이 두 가지.

예전에 TV아사히의 명사회자 구메 히로시가 진행하는 〈최후의 만찬〉이라는 재미있는 기획 보도 프로그램이 있었다. 유명인을 스튜디오에 초대해 만약 내일 지구가 멸망한다면 최후의 날 무엇을 먹고 싶은지 묻는다. 보도 프로그램에 어울리지 않는 싱거운 내용이었다.

그러나 이 기획 프로그램은 예상외의 재미있는 전개로 꽤 호평을 받았다. 게스트가 꼽은 최후의 만찬이 의외인 점도 있었고, 동시에 그 게스트의 성품과 자라온 시대 환경, 집안 내력까지 고스란히 드러났기 때문이다.

최후의 만찬에 관해 언급하는 것은 그 인간의 생사관과 가치관을 밝히는 것이기도 하다.

예를 들어 2미터가 넘는 거인 프로 레슬러 자이언트 바바는 예의 질문에 일말의 주저도 없이 바로 '찹쌀떡'이라 대답했다. 그리고 어릴 때 자주 먹었다는 찹쌀떡에 대해 들떠서 신나게 이야기했다. 마블링이 잘된 스테이크나 유명 중국집의 요리를 예상한 시청자 대부분의 기대가 완전히 빗나갔지만 이 덩치 큰 남자의 뭐라 형용할 수 없는 유머와 부드러운 심성이 반향을 일으켰다.

코미디언이자 배우로 활약하고 있는 이카리야 조스케는 잔멸치와 무 간 것을 모락모락 갓 지은 밥 위에 얹어 먹고 싶다고 대답했다. 과연 개성 넘치는 명조연으로 변신에 성공한, 세상의 풍상을 겪어낸 사람에게 들을 수 있을 법한 대답이었다.

도쿄의 유랑 연예인 집안에서 태어난 만담가 미야코 조초는 너무 많아서 대답할 수 없다고 했다. 이 역시 간사이 지방의 만담에 정점을 찍은 예인다운 말이다.

"내일 당신은 죽습니다. 마지막으로 무엇을 먹고 싶습니까?"

이 질문에는 누구나 대답을 고심하게 만드는 뭔가가 있다. 이때 사람들은 특별한 고급 요리보다는 현재 자신의 정체성과 잇닿아 있는, 마음을 위로하며 어린 시절부터 친숙한 요리를 떠올리지 않을까. 단순히 식욕을 채우는 음식이 아니라 자신이 살아온 시대의 공기와 기억을 다시 한 번 맛보고 싶은 마음이 될 것 같다.

나의 경우도 '따끈따끈 갓 지은 쌀밥에 돼지장국'이나 '말린 전갱이와 바지락된장국'과 같이 언제든 먹을 수 있고, 또 늘 먹어온 것이 될 듯하다. 돼지장국은 어머니가 자주 만들어주시던 것이고 말린 전갱이는 기억 속에 남아 있는 가족 여행 중 료칸의 아침 식사 메뉴였다.

아버지에게 라멘과 돈가스가 최후의 만찬과 같은 것인지, 아니면 단순히 그냥 머릿속에 떠오른 것인지 알 수 없다. 그럼에도 그렇게 말씀하시면 어떻게든 만들어드리고 싶었다.

일이 끝나는 대로 집 근처 고깃집에 들러 갓 튀겨낸 돈가스를 사왔다. 또 다른 날은 슈퍼마켓에서 면과 재료를 모두 사서 집에서 라멘을 만들 수 있도록 준비했다.

그러나 라멘도 돈가스도 막상 식탁에 올려놓으면 아버지는 잠깐 끼적이실 뿐 거의 먹지 못했다. 이것들은 아버지의 머릿속에만 존재하는 '최후의 만찬'이었는지 모르겠다. 아니, 누구든 '최후의 만찬'을 먹는 날이란 그것을 맛있게 맛볼 수 있는 에너지가 이미 고갈된 날이 아닐까. 에너지를 보충하기 위해 밥을 먹는 데도 에너지가 필요한 것이다. 에너지가 넘치는 동안엔 '최후의 만찬'을 떠올릴 일도 없을 것이다.

이런 것을 막연히 생각하자니 아버지 손에 이끌려 가족이 함께 외식하러 나가본 적이 거의 없다는 사실이 떠올랐다. 유일한 예외가 내가 소학교에 다닐 때 가마타 역 인근에 있는 작은 가게에 돈가스를 먹으러 간 일이었다. 아버지에게 돈가스는 가족의 특별한 날에 먹는 성찬이었는지 모른다.

사이타마 현에서 결혼하자마자 도쿄로 올라온 아버지는 가마타에서 이케가미선이라고 하는 지역 열차로 세 정거장 떨어진 지도리초 역 부근에 집을 빌렸다. 한쪽에 프레스 가공 기계를 들여놓고는 인근 공장에서 떨어지는 일을 하청 받아 가족을 부양했다. 근처에 아내(나의 어머니를 말함)의 언니가 시집와 살고 있어서 그 연으로 이 지역을 선택하였을 것이다.

초기엔 생활이 매우 곤궁했지만 한반도에 전쟁이 발발하여 아

나를 닮은 사람

버지의 작은 공장까지 그 특수 여파가 돌아왔다.

내가 소학교에 진학할 무렵에는 공장에 프레스 가공 기계뿐만 아니라 천공기, 선반, 밀링머신과 같은 기계가 나란히 놓여 있고 10여 명의 직공들이 기계 앞에 앉아 일을 했다. 공장에는 풋프레스라는 프레스 가공 기계의 리드미컬한 소리가 하루 종일 울렸다. 인간이 기계를 조작하던 시대의 이야기다.

아버지는 호기를 잡아 세 들어 살던 집을 샀고 공장도 확장했다. 한국전쟁의 특수에 이어 일본은 고도 경제성장의 초입에 들어선 것이다.

대장성 관료였던 시모무라 오사무가 입안하고 이케다 하야토 내각총리대신 시대 내각회의에서 결정된 '소득배증계획'은 시행 1년 만에 목표를 조기 달성해버렸다. 이는 시모무라의 기획력과 이케다의 추진력이 있었기 때문이겠지만 일본이라는 국가가 자연 성장기에 돌입한 결과였다는 편이 더 맞을 것이다. 시모무라 오사무에게 혜안이 있다면 그 시대의 조류를 일찌감치 간파한데 있다고 본다.

일반적으로 민주화가 국민 전체에 두루 퍼지고 중산층이 두터워지는 단계에서 국내 소비가 활발해지며 무역도 촉진되어 경제 발전에 급격히 가속이 붙는다. 이것은 중하층 정도에 머물던 우리 집에서도 체감할 수 있었다.

아버지는 아이의 눈에도 맹렬하게 일했다. 한 주에 며칠은 꼬박 철야를 했다. 그렇게 하지 않으면 재촉하는 물량을 다 해소할 수 없었기 때문이다. 그 결과 우리 집은 확실히 경제적으로 풍요로워졌지만 그사이 가족이 함께 외식할 시간도, 여유도 갖지 못했다.

그래도 1년에 며칠은 아버지가 그즈음에 구입한 중고 다트선 블루버드(닛산자동차에서 나온 대표적인 중형차 – 옮긴이)에 가족을 태우고 번화가까지 나갔다. 외출이라고 해봤자 특별한 목적이 있는 것은 아니었다. 단지 역 가까이 있는 레스토랑에 가서 식사하고 돌아오는 것이 고작이다. 이것은 아버지가 아버지로서의 위상을 보여주는 극히 드문 기회 중 하나였다.

가마타의 그 돈가스집은 아버지가 업무 관계로 몇 차례 이용한 가게였는지 모른다. 또 어쩌면 그 맛은 아버지가 사이타마 현의 벽촌에서 도쿄로 상경해 처음으로 맛본 도시의 맛이었는지도 모른다.

9월 17일(금) 20:52

돈가스에 재차 도전하다. 아버지, 어떠십니까, 오늘 밤 돈가스는.

아버지,

어떠십니까,

오늘 밤 돈가스는.

목간통이 있는 마당

본가 공장에는 꽤 넓은 마당이 있었다. 말이 마당이지 실은 공장과 안채 사이에 단지 덩그러니 노지가 있을 뿐이었다. 그곳에 드럼통이 있어서 매일 그날그날 쓰레기를 넣고 소각했다. 나는 아침 업무 전이나 저녁 일과를 마치고 이 드럼통 주위에 직공들이 모여서 담소를 나누는 모습이 보기 좋았다.

대화의 내용은 대부분 하잘것없는 것이었다. 어디서 축제가 열린다든가, 어디 파친코가 잘 나온다든가, 누가 술에 취해 다쳤다든가, 그런 얘기였다. 그중에서도 특히 누가 어떤 낭패를 봤다는 유의 이야기가 돌면 모두들 큰 소리로 웃어댔다.

'녀석이 맨발로 도망쳐서는 말야' 하는 말소리가 들려왔다.

어떤 문맥이었는지 전혀 기억나지 않지만 '녀석'이라는 3인칭 호칭이 아버지의 말버릇이라는 것만은 똑똑히 기억하고 있다. 이상한 어투라 생각했다. 나도 언젠가 타인을 '녀석'이라고 부르게 될까 하고 생각하기도 했다.

때로 직원들 대화의 말머리가 나를 향하는 때도 있었다.

"너는 커서 뭘 할 거니?"

"아버지 말씀 잘 들어라."

"좋은 학교에 가는 것도 좋지만 나중엔 이 공장을 네가 이어야 한다."

이런 설교를 하는 사람은 늘 정해져 있어서, 이케가미의 정육점에 있다가 이곳으로 옮긴 둥글둥글한 성격에 먼 친척뻘인 마짱이라는 아저씨였다. 아버지나 전무이던 작은삼촌이 이따금 '마공マ-公'이라 부른 것을 보면 의외로 철이 없었는지도 모르겠다. 어쩌면 자신에게 들려주듯 내게 설교를 늘어놓은 것은 아니었을까.

마짱은 내가 대학교에 들어간 지 얼마 되지 않아 폐병으로 어이없이 저세상으로 갔다. "아버지의 공장을 이어라"라고 한 마짱의 설교를 따르는 일은 결국 이루어지지 않았다. 작은삼촌도 3년 전에 암으로 쓰러지셨다. 마당에서 담소하던 사람들 중 과연 몇 명이나 지금 살아 있을까.

아침 햇살 아래서 드럼통 위로 빨갛게 타오르는 불을 쬐면서 어른들이 잡담에 열을 올리던 모습은 마치 내게 원풍경原風景과도 같다. 그전의 풍경은 거의 기억에 없다. 생생한 기억의 대부분은 공장 마당에서 시작된다.

한때 이 마당에 노천탕을 만들자는 얘기가 나왔다. 말은 그럴듯하지만 그렇게 근사한 것이 아니고 단지 드럼통을 욕조 대신 놓고 일이 끝나면 들어가 땀을 씻으라는 것이다. 어쩌면 이 발상은 아버지에게서 나온 게 아닐까 싶다. 목욕을 좋아하던 아버지는 근처의 목욕탕에 나를 곧잘 데려가셨다. 거울 앞에서 혀로 볼을 부풀려가며 수염을 깎는 아버지를 보면서 나도 어서 빨리 수염을 깎고 싶다고 생각했다.

당시엔 대부분의 가정에 아직 욕실이 없었다. 공중목욕탕은 누구에게나 일상적인 곳인 동시에 하루를 새롭게 만드는 특별한 장소였다. 목욕탕에서 그날 하루의 때와 피로, 때로는 넋두리까지 모두 씻어내고 말끔해지는 것이다.

아버지와 나는 목욕탕에서 나와 달을 보면서 밤길을 걸었다. 맑은 밤하늘에 별이 빽빽하게 반짝였다. 마치 다니우치 로쿠로(기억 속의 따스한 옛 풍경을 화폭에 많이 담은 화가 - 옮긴이)의 그림 같은 풍경이었다.

아버지는 집으로 가는 길엔 복덕방 앞에서 언제나 걸음을 멈추셨다. 그리곤 유리창에 붙어 있는 매물 정보를 유심히 바라보셨다. 어째서 그렇게 열심히 광고판을 보시는지 나로서는 전혀 이해가 되지 않았다. 빌릴 이유도 없는 물건을 그저 바라보는 마음을 헤아리기에 나는 너무 어렸다.

소학교에 갓 입학할 무렵인 1955년 즈음엔 어디에서나 흔히 볼 수 있는 풍경이었고, 나는 아버지와 부자간에 하는 평범한 대화를 나누며 걸었다. 내가 아버지와 다정하게 이야기를 나눈 것은 이 시기까지였다.

돌이켜보면 아버지의 나이도 아직 30대 중반이고 맨손으로 시작한 사업이 바야흐로 궤도에 오를 무렵이었다.

10월 28일(목) 22:49

귀가해 평소처럼 아버지를 목욕시켜드렸다. "오늘은 세 번이나 변을 봤다." "좋은 일이네요." "하지만 세 번째는 실패했다"라고 하셔서 엉덩이를 씻어드렸다. "기분 좋구나." "목욕은 역시 좋아." 나는 이 말에 약해진다.

늦여름의 유령

이 무렵부터 또다시 밤중에 깨우는 일이 잦아졌다. 한밤중에 소변의 바다에서 수영하던 사건 이후 나는 아버지 침대맡에 호출용 비상벨을 달아두었다. 그 벨이 자주 울린 것이다. 비상용 벨이 울리면 나는 졸린 눈을 문지르면서 비틀비틀 계단을 내려갔다.

"왜요?" 하고 물으면 빙그레 웃으시면서

"울리는지 안 울리는지 시험한 거야"라고 말씀하셨다. 비상용 벨을 붙이는 게 아니었는데 하며 나는 살짝 후회했다.

하루는 평상시보다 더 집요하게 벨 소리가 울렸다. 무슨 일이 생겼는지 걱정하며 뛰어 내려가서 소변이냐고 물었더니 아니란다. 그러면 무슨 일이냐 하니 누가 찾아왔으니 접대하라는 것이다.

"사람은 없어요" 하고 말하니

"있잖아, 저기에. 현관 쪽이다" 하며 손가락으로 가리켰다.

누가 있는가 해서 나도 그곳을 응시했지만 사람이 있을 리가 없다.

"없어요, 새벽 3시에 누가 찾아오겠어요?"

"아니, 있잖아, 저기에."

"없어요, 사람은."

"저기 있잖아."

늦여름의 유령이 그곳에서 보이는 모양이다. 나도 입으로는 부정했지만 아버지의 얼굴이 너무 진지해서 무심코 어둠 속을 주시했다. 역시 그곳에는 어둠만이 무겁게 내려앉았을 뿐 인적이 있을 리 만무했다.

그러나 아버지의 내면으로는 최근 누군가 자주 찾아오는 모양이다. 도대체 그것이 누구일까. 무슨 용건이 있어 찾아오는 것일까. 어쩌면 그것은 어머니였는지 모르겠다. 더 이상 아버지의 앞날이 길지 않음을 예측한 천국의 어머니가 마중을 나온 것이었는지 모르겠다.

아무튼 이즈음부터 조금씩 아버지의 정신에 이상이 보였다. 명료한 징조가 있는 것은 아니지만 대화 곳곳에서 지금까지와 다른 신호가 깜박였다.

"어제도 죽는 꿈을 꿨다" 하고 기묘한 말을 하기도 했다. 자신이 죽는 꿈을 자주 꾼다고 했다.

"무슨 말이에요. 죽으면 꿈은 꾸지 않아요. 꿈을 꾸는 것은 살아 있다는 증거예요."

나는 이렇게 대답했지만 그것이 어떤 꿈이었는지 더 자세히 들어두었으면 좋았을 듯하다.

그렇게도 좋아하던 텔레비전도 화면 안에서 일어나는 사건에 대해 완전히 흥미를 잃었다. 뚜렷한 의식의 혼탁과 치매 징후는 보이지 않았지만 삶의 축이 조금씩 이쪽의 현실에서 저쪽 세계로 이동하는 것처럼 느껴졌다. 아버지 내부의 살아 있다는 현실감이 매일 조금씩 희박해지고 한편으로 꿈과 환상의 세계가 그 윤곽을 짙게 드러내는, 그런 상태인 것일까.

어머니의 1주기

11월에는 내 차에 접촉 사고가 난 것 말고는 별다른 일이 없었다. 나카하라 간선도로변 슈퍼마켓 앞에 차를 세우고 구입한 식재료를 차에 실으려고 뒷문을 여는데 차가 돌진해와 문이 폭삭 휘어버렸다.

다행히 다치지는 않았고 자동차도 상대 보험으로 수리해 큰 문제 없이 해결되었지만 마침 그 시간에 진행된 하세가와 호즈미 선수의 세계 타이틀전을 보지 못한 것이 매우 유감이었다.

집에 돌아와 결과를 보니 무적이라 믿었던 하세가와가 뜻밖에 KO패를 당했다. 하세가와의 지난번 세계 타이틀전은 아버지가 입원한 에바라병원 주차장에 차를 세우고 봤다. 그때는 통쾌한 KO승이었고 병원 정원에 벚꽃이 활짝 피어 있었다. 그로부터 꽤 오랜 시간이 흘러버린 느낌이 들었다.

12월에 들어서도 아버지의 상태는 외관상 거의 변화가 없는 듯했다. 나중에 가사 도우미에게 들으니 이즈음부터 현저하게 말수가 줄고 외부 세계에 대해 관심을 보이지 않았다는데, 평일 낮의 모습을 알 수 없는 나로서는 그 변화가 눈에 잘 띄지 않았던 것이다.

어느덧 간병 생활을 시작한 지도 1년이 다 되어가고 있었다. 어머니가 돌아가신 것이 지난해 12월이라 1주기를 준비해야 했다. 아버지께 어떻게 하실지 물으니 처음엔 참석하고 싶다고 하더니 시간이 갈수록 머뭇거리는 눈치였다. 당일이 가까워오면서 점점 독경 시간과 성묘를 버텨낼 자신이 없으셨던 듯하다.

어머니가 처음 쓰러진 때가 작은삼촌 1주기 때였다. 보다이사菩提寺의 추운 방에서 1시간가량 독경을 마치고 인근 묘지에 가서 선향을 올리는데 갑자기 작은 몸이 풀썩 흔들렸다. 모여 있던 일가친척을 모두 남겨두고 나는 떨리는 어머니를 안고 차에 태웠다. 그 후 어머니의 몸 상태는 단숨에 무너져내렸다.

아버지는 그때 일을 기억하고 있다. 작은삼촌의 기일과 어머니의 기일 모두 한기가 몸속으로 스며드는 때에 겹쳐 있다.

"무리하지 마세요" 하고 내가 말하자

"무리인가……. 모두에게 안부 좀 전해줘" 하고 가는 목소리로 대답하셨다.

아버지로서는 어떻게 해서든 배우자의 1주기에 참석하고 싶었을 것이다. 그것을 단념해야 하는 자신의 몸 상태가 원망스러웠으리라.

그날은 눈부실 정도로 맑고 쌀쌀한 아침이었다. 나는 집에 아버지를 남겨두고 접촉 사고 이후 새로 바꾼 임프레자(스바루 자동차의 세단 - 옮긴이)에 아내와 동생을 태우고 쾌청한 하늘 아래 고속도로를 달려 보다이사로 향했다. 크게 굽이쳐 흐르는 스미다 강 수면에 겨울 햇살이 반사돼 반짝반짝 빛났다.

어머니가 계신 묘는 지금은 주택가로 바뀐 택지 일부에 조성된 작은 묘지에 있다. 할아버지 장례식 때는 논두렁길을 따라 길게 행렬을 이루며 묘까지 갔다. 묘지로 가는 논길이 지금은 완전히 주택지로 탈바꿈했다. 빠르게 흘러가는 시대의 변화와 믿기지 않는 풍경의 변모에 놀라며 묘지에 도착했다.

묘석에 물을 뿌리고 향을 올리고 합장했다.

"아버지는 오지 못했어요. 어머니께 안부 전해달래요."

마음속으로 나는 어머니에게 이렇게 고했다.

제 8 장

북풍을 예고하는 구름

크리스마스의 단술

어머니의 1주기가 끝나자 분주하던 한 해도 얼마 남지 않았다.

어머니의 장례식은 크리스마스이브 전날이었다. 최근엔 크리스마스도 예전의 화려한 조명은 사라지고 눈에 띄게 차분해졌지만 그럼에도 거리를 걸으면 성탄 기분을 느낄 수 있는 장식이 눈에 들어왔다. 한때는 술집마다 취객이 넘쳐나고 거리엔 코가 빨개진 회사원들의 혀 꼬부라진 소리와 술집 아가씨의 부축을 받는 취한 남자들로 가득했으나 오랜 불황으로 이젠 사람들이 코트 깃을 부여잡고 종종걸음으로 귀가를 서둘렀다.

일본인이 어째서 그렇게까지 크리스마스에 흥을 냈는지 돌이켜보면 이상한 일이지만, 버블에 취한 천진난만하던 시절이 그립기도 하다. 이제는 역 앞에서 남은 케이크를 파는 광경도 어딘가 사무적이고 시들한 인상이다. 떨이 케이크가 팔리지 않는 시대가 된 것이다.

이는 일본인이 호사스러워졌다는 의미이기도 하다. 아이들조차 팔다 남은 맛이 떨어진 케이크에 눈을 주지 않는다. 한 나라의 일반적인 현상이 그러하다면 이는 풍요로움의 결과이며 행복을 보여주는 단적인 정황이라고도 말할 수 있을 것이다.

그러나 한편으로 옛사람들의 꿋꿋한 연대감이나 가족 간의 유대 역시 느슨해졌음을 부인하기 힘들다. 아버지가 집착하던 주민자치회 활동은 1950년대 중반 무렵 지연적 연대감에 가치를 두고 있다. 사이타마 현이라고 하는 '외지'에서 도쿄로 나온 무일푼의 청년이 공장을 경영해나가기 위해서는 지역 사람들의 인정이 필요했고 더불어 자신은 지역에 봉사하는 역학 관계가 깔려 있다.

지금은 주민자치회 활동도 어딘가 껍데기만 남은 듯이 보인다. 급속도로 진행된 도시화는 지방과 격차를 크게 벌리고, 돈벌이를 하러 올라온 노동자들은 노동력 조절의 완충기 역할을 강요받고 있다. 거리는 깨끗해지고 밝아졌지만 눈에 보이지 않는 격차는 서서히 커져서 자살이 급증하는 현실이다.

우리가 의식하지 못하는 사이에 일본이라는 나라의 정체성이 변하고 있다. 메구로 역 빌딩에서 나오면 역 앞에 늘어서 있던 행

럴이 버스 안으로 빨려 들어가는 모습을 볼 수 있다. 다들 집에 가면 어머니가 특별한 요리를 만들어놓고 가족이 모두 모이길 기다리고 있을까. 나는 역 빌딩에서 산 만두 봉지를 들고 아버지가 기다리는 집으로 향했다.

집 내부는 몰라볼 정도로 달라졌다. 1층 여기저기에 간병용 난간과 기둥이 설치되었다. 2층은 나의 서재로 책장과 책상이 놓여 있다. 1년 전까지만 해도 오래된 다다미가 부풀어 올라 있고 쓰레기가 산적한 폐허 같던 방이 놀라울 정도로 깔끔하고 고풍스러운 서재로 변했다.

나는 의미도 없이 방 사진을 몇 장 찍었다. 앞으로 이곳에 얼마나 머물게 될까?

아버지에게는 크리스마스도 연말의 하룻밤에 지나지 않았다. 아니, 우리 집에서는 크리스마스에 뭔가를 하는 습관 자체가 없었다. 어릴 적부터 생일 축하는 물론 크리스마스에 케이크를 먹는 일도 없었다. 다른 공장의 사장들처럼 연말은 자금 조달을 위해 동분서주해야 하는 때인 동시에 연중 가장 바쁜 대목이었기 때문이다.

나는 멍하니 텔레비전을 보고 있는 아버지 앞에 사온 만두를 펼쳐놓고 "크리스마스예요"라고 말했지만 대답이 없었다. 얼마 동안 아버지 앞에 앉아 있다가 "자, 그러면……" 하고 중얼거리고는 주방으로 가서 단술을 만들기 시작했다.

크리스마스에 만두와 단술이라니 묘한 조합이지만 여기엔 나름의 이유가 있다. 며칠 전 NHK 다테카와 시노스케의 프로그램에서 단술의 누룩곰팡이가 몸속에 들어가면 감기를 예방하고 변비에 매우 효과적이라고 하는 것을 본 것이다. 그 후 누룩이 내 머릿속에 남아 있었다.

오랜 세월 비서로 일해준 일명 '모모짱'에게 연락해 그녀의 친정인 니가타의 양조장에서 누룩을 얻기로 했다. 도착한 상자를 열어보니 얇은 찰떡 모양의 누룩이 가득 들어 있다. 그 누룩을 녹여 설탕을 듬뿍 넣은 뒤 보글보글 단술을 끓인다. 나는 김이 오르는 냄비를 저어주면서 이것으로 아버지의 고민 한 가지가 해결될지 모른다고 생각했다.

사실 간병하기 전엔 이런 일로 고민할 줄은 생각지도 못했다. 그러나 누구나 나이가 들면 최대 고민이 허리와 다리의 통증과 변비라는 것을 알게 되었다. 몇 차례 변을 긁어낸 경험이 있어서 나는 노인의 대장이 축 늘어진 호스처럼 생기가 없다는 사실을 손끝으로 체감하였다. 이 상태라면 변을 몸 밖으로 내보내는 연동운동이 어렵다는 사실이 납득되었다.

노인은 만성적인 변비와 그것을 단번에 배출하는 설사를 반복한다. 그로 인해 때로 제어 불능 상태가 되어 변을 지리는 것이다. 그것은 보는 입장에도 슬프고 괴로운 광경이다.

"아버지, 이제 변비가 다 나을 거예요."

"그래, 효과가 있을까?"

"네, 효과가 있는 모양이에요. 단번에 좋아진다고 텔레비전에서 말했어요."

"그래, 좋다더냐?"

그러나 여든하고도 중반을 넘긴 노인에겐 그리 좋다는 누룩도 효력을 발휘하지 못한 듯하다. 그럼에도 눈이 가늘어지며 기쁘게 단술을 마시는 모습을 보며 나는 잘했다고 생각했다. 변비가 해결되어서 좋은 것이 아니라 그 모습이 좋았던 것이다.

아버지는 대접의 단술을 전부 들이켰다. 꽤 많은 단술이 아직 냄비에 넉넉히 남아 있다.

다음 날은 연말 방범대책본부가 우리 집 주차장에 설치되었다. 아버지가 주민자치회를 만든 뒤 매년 이 시기가 되면 우리 집이 대기소가 된다. 야간 경비를 겸한 불조심 순찰을 한 뒤 석유난로 주위에 모여 한잔하는 것이 관례였다.

주차장을 보니 그 원의 중심에 아버지가 거의 안기다시피 한 모양새로 앉아 있다. 언제나 선두에 서서 자치회 활동을 주도하던 아버지가 눈에 띄게 왜소해져서 양팔을 부축받으며 마치 꼭두각시처럼 원의 중심에 가라앉아 있다.

야간 순찰을 돈 사람들은 석유난로에 손을 쬐면서 온기를 채웠다. 나는 "단술 좀 내드릴게요. 니가타 양조장에서 가져온 누룩으로 만든 특제 단술입니다" 하고 말한 뒤 주방으로 돌아왔다. 10인분의 단술을 만들어 다시 주차장으로 갔다. 단술은 순식간에 자치회 사람들의 위장 속으로 사라졌다.

"맛있네."

"자네 참 대단하네."

"아버지도 기뻐하신다네."

단술에 대한 인사가 여기저기서 돌아왔다.

아버지는 물끄러미 내 얼굴을 보고 계셨다. 눈이 움푹 들어가 피곤한 표정이었다. 주민자치회 행사에 불려가 원 안에 함께 동참한 것은 좋았으나 피로감이 몰려드는 기색이 한눈에도 역력했다.

"아버지 돌아갈까요?" 하고 말하며 나는 손을 내밀었다.

12월 27일(월) 23:21

니가타에서 보내주신 누룩으로 단술을 만들다. 야간 순찰을 하는 주민자치회 회원분들에게 나누어드렸다. 단술을 맛보며 다사다난하던 한 해를 회고해본다. 아무리 따져봐도 성과가 그리 좋지 않은 한 해였다.

12월 31일

실로 많은 일이 있었으나 달력을 보니 올해도 이틀밖에 남지 않았다. 나는 앞으로 몇 번 되지 않을 듯싶은 아버지와의 신년을 기념하기 위해 조니雜煮(간장이나 된장을 푼 육수에 구운 찰떡, 채소, 어묵, 토란 등을 넣어 끓인 새해 음식으로 일본식 떡국 - 옮긴이)를 만들기로 했다.

만드는 법은 잘 몰랐지만 조니만큼은 내 식으로 만들고 싶었다. 슈퍼에서 국물용 닭 뼈, 파드득나물, 토란, 어묵 등 내가 좋아하는 재료를 사와 바로 요리를 시작했다. 먼저 닭 국물을 내야 해서 피가 묻은 닭 뼈를 닦고 뼈를 잘게 잘라 냄비에 넣은 뒤 푹 곤다. 닭 뼈에는 꽤 많은 고기가 붙어 있었다.

닭 육수를 내는 동안 연말 청소를 해볼 요령으로 계단을 물걸

레질하고 주방을 정리하고 현관도 깨끗하게 비질했다. 한바탕 청소를 끝내고 아버지를 재빨리 목욕시켜드린 뒤 옷을 갈아입혀 한숨 돌릴 즈음 육수가 막 완성되었다.

이것으로 내일 조니를 만들고 아버지와 〈홍백가요대전〉을 보며 제야의 종소리를 듣기만 하면 된다.

작년 새해는 갑자기 돌아가신 어머니를 그리워할 여유도 없이 두 사람 모두 어떻게 해야 할지 몰라 그저 쓸쓸히 보냈다. 그때도 내내 켜놓은 텔레비전에서 〈홍백가요대전〉에 나온 가수의 노랫소리가 들려왔다. 이시카와 사유리가 노래하던 것이 기억나지만 느긋이 즐길 기분이 아니었다. 올해는 둘이서 조금 차분한 새해를 맞이할 수 있을 듯하다.

그런 기대를 가지고 마지막 날을 맞았으나 역시 아무런 대화도 없이 그저 두 사람이 거실에 멀뚱히 앉아 있을 뿐이다. 함께 조니를 먹고 나는 2층으로 올라가 새롭게 맡게 된 대학원 수업을 위한 강의 계획서를 쓰기 시작했다.

텔레비전은 내내 켜진 채였다. 계단 아래에서 노랫소리가 희미하게 들려왔다. 〈홍백가요대전〉을 가족이 함께 모여서 보던 시대는 먼 옛날에 끝이 났다. 출연자도 절반 이상이 모르는 가수였고 노래에 몰입할 수도 없다.

그러던 중 컴퓨터 화면에 여배우 다카미네 히데코가 사망하였다는 뉴스가 떴다. 향년 86세.

다카미네 히데코는 내게 특별한 배우였다. 거장 나루세 미키오의 영화는 그녀 없이 생각할 수도 없다. 흑백 화면에 비친 〈부운浮雲〉의 이카호온천이나 〈흐트러지다〉의 긴잔온천 풍경도 다카미네 히데코라는 여배우에 의해 특별한 의미가 부여됐다. 온천은 운명의 파고에 휩쓸리는 사람들이 종국에 흘러드는 특별한 장소이다.

거칠고 빠른 특유의 말투는 어딘가 삶을 체념한 듯한 느낌과 불행한 결말을 예감케 만들었고, 그로 인해 여배우가 지닌 아름다움이 한층 돋보였다.

그렇구나, 사망했구나.

"아버지, 다카미네 히데코가 사망했답니다" 하고 말하자

"그랬냐" 하며 흥미 없는 듯 대꾸하셨다.

그러고 보니 요즘 아버지에게 누가 죽었다, 어떤 이가 돌아가셨다는 말만 내내 했다는 사실을 깨달았다.

"아는 사람들이 모두 가버리는군" 하고 아버지는 탄식했다.

오래 사는 일의 괴로움이 지인을 차례로 앞세우는 것이라는 이야기를 들은 적이 있다. 그러고 보면 나는 아버지에게 잔혹한

말만 전한 것인지도 모르겠다.

〈부운〉에서는 꼬인 악연의 애인 모리 마사유키가 임종을 맞이하는 다카미네에게 연지를 발라주었다. 다카미네 히데코는 아버지와 동갑이었다. 한 해의 마지막 날 아버지와 같은 나이의, 게다가 내가 가장 좋아한 여배우가 사망했다는 뉴스가 나온 것도 어떤 인연이 아닌가 하는 생각을 했다. 그리고 뉴스에 전혀 흥미를 보이지 않은 아버지가 다카미네 히데코의 영화를 본 적이 있을까 하는 생각이 머릿속을 스치고 지나갔다.

지독하게 긴 하루

새해가 밝았다. 나는 아버지의 새 요양 센터를 찾기 시작했다.

지금까지는 가쿠게이대학 역 부근의 단기 요양 시설과 지도리초 역 가까이에 있는 데이케어 센터(낮 동안만 재활 치료 등의 목적으로 이용할 수 있는 시설), 그리고 집에 와서 돌보는 간병인과 주 1회 방문 간호 등으로 간병 일정을 짰으나 여기에 밖에서 숙박할 수 있는 시설을 추가로 확보해두고 싶었던 것이다.

때마침 인근에 요양 센터가 신설되었다는 소식을 듣고 아버지를 차에 태워 그곳으로 향했다. 거의 다 와서 곧 도착하려는 즈음에 갑자기 아버지가 "똥 쌌다"고 소리쳤다.

"이런, 돌아가야겠네요."

"나왔어."

"아, 그대로 움직이지 마세요. 집에 바로 도착하니까."

"이상해. 왜 이럴까?"

"아니, 그럴 수 있죠."

집으로 돌아와 나는 서둘러 아버지의 바지와 속옷을 벗겨 오물을 처리하고 욕실에서 엉덩이를 씻겨 옷을 갈아입힌 다음 다시 요양 센터로 향했다.

새로 개업했다는 요양 센터는 일반 단독주택을 간호용으로 개조한 것이었다. 집에서처럼 편하게 지낼 수 있도록 하기 위함이라는 취지의 설명을 매니저에게 들었지만 장애인을 위한 시설이 갖춰져 있지 않은 일반 주택에서 과연 문제가 없을지 불안감이 들었다. 이곳의 주인은 시즈오카 현의 부동산 업자라 했다. 최근엔 부동산 중개업체에서 빈집을 이런 식으로 운영하는가 싶어 마음이 복잡해졌다.

나는 근일 중에 스케줄을 정해 찾아오겠다고 말하고 자리를 떴다. 결국 이 요양 센터에 들어가는 일은 일어나지 않았다. 아니, 들어가고 싶어도 들어갈 수 없게 되어버렸다.

이즈음부터 조금씩 아버지의 상태가 이상해졌다. 아무래도 작
년 말부터 계속된 나의 감기 기운이 아버지에게 옮은 듯했다. 지
난번의 입원과 양상이 동일했다. 얼마간은 조심조심 지냈지만
며칠 전부터 식사 양이 줄기 시작해 결국 아무것도 드시지 못했
다. 그날 저녁도 일단 죽을 끓여놓고 어떻게 하실지 물으니 그저
고개만 저으셨다.

"감기에 걸리셨나 봐요."

"……."

"열이 있어요?"

대답이 없다. 자세히 보니 평소보다 얼굴이 달아올라 있다. 그
날은 아침부터 상태가 심상치 않았지만 감기 때문이려니 생각했
다.

회사에서 일하는 낮 시간에 아버지가 현관에서 넘어지셨다는
전화가 왔다. 그즈음에 섬망 증세가 약간씩 나타나 걱정하던 참
이다. 어머니 일도 있어서 평소보다 빨리 회사를 나왔다.

"어떠세요? 구급차를 부를까요?"

귓가에 대고 물어보았지만 눈을 감은 채 전혀 움직임이 없다.

나를 닮은 사람

잠시 망설였지만 지난번 일도 있어서 나는 구급차를 부르기로
했다.

몇 분 후 사이렌 소리가 울리더니 현관 앞에서 멈췄다. 소방대
원 몇몇이 우르르 현관으로 들어왔다. 나의 설명을 대강 듣고 아
버지를 구급차에 태운 뒤 받아줄 병원을 찾기 위해 전화를 걸기
시작했다. 그러나 좀처럼 받아준다는 병원이 나타나지 않는 모
양이었다.

소방대원은 계속해서 전화를 걸었다. 병원이 연결되면 연령과
증상을 비롯해 필요한 세세한 정보를 이것저것 전했다. 받아주
는가 하고 기대하면 결국 거절했다. 그것이 내내 이어졌다.

그러는 사이 구급차 쪽으로 센터에서 소개 전화가 들어왔다.
그것을 받아 다시 병원에 전화를 걸었다. 매번 똑같은 설명을 반
복했지만 마지막엔 어디에서도 받아주지 않았다. 대원들에게 초
조한 기색이 나타났다.

2011년 1월 20일(목) 21:37
39.8도의 열. 받아준다는 병원을 찾지 못하고 있음. 대기 상태.

아버지와 나를 태운 구급차가 집 앞에 멈춘 채 좀처럼 출발하

지 못했다. 받아준다는 곳이 정해지지 않으니 출발할 수가 없는 것이다. 10분이 1시간처럼 느껴졌다. 빨리 병원으로 모시고 싶은 마음뿐이다. 그러나 아무것도 할 수 없던 나는 휴대전화로 상황을 트윗하기 시작했다.

같은 날 21:46
여전히 병원을 찾지 못함.

같은 날 21:51
어떻게 된 걸까.

같은 날 21:58
여기저기 떠넘기는 상황.

벌써 1시간이 다 되어갔다. 구급차는 시동을 건 채 집 앞에 내내 서 있다.

전에 입원했던 에바라병원은 침상이 다 찼다고 했다. 덴엔초후주오병원, 어머니가 입원해 계시던 기무라병원, 쇼와대학병원, 가마타에 있는 도호대학병원도 받아주지 않았다. 10여 곳의 병원에 전화를 연달아 걸었지만 원하는 대답은 나오지 않았다. 정신이 몽롱해진 아버지는 구급차 안에서 얼굴이 빨갛게 달아올랐다.

"이제 곧 병원에 가니까 힘내세요" 하고 말은 했지만 언제 출발할 수 있을지 불안했다.

구급차를 탔는데 도대체 왜 출발도 못하나. 트위터에 이런 상황을 올리자 많은 친구의 격려가 쏟아졌다.

"괜찮으세요?"

"어떻게 되셨어요?"

"00병원은 알아봤나요?"

"부디 힘내세요!"

감사한 말들이지만 그렇다고 상황이 달라지지는 않는다. 그사이 아버지의 숨이 끊길지도 모른다. 지난번 입원의 경우도 아슬아슬 간발의 차이로 목숨을 부지했다.

나는 누군가 지인 중에 정보 제공이 가능한 사람이 있을지 모른다는 생각이 들어 전화번호 목록을 살펴보기 시작했다. 친구와 거래처 사람들의 이름이 쭉 나열된 가운데 의료 관계자는 좀처럼 보이지 않았다. 거의 마지막 쪽까지 가서 미모리 아키오의 이름을 찾아냈다.

미모리는 고등학교 시절 함께 어울려 다니던 친구로 도쿄대 이과로 진학한 뒤 이후 의학부로 옮긴 수재다. 수재라 해도 흔히 말하는 공붓벌레는 아니었고 좀 불량스러운 면이 나와 죽이 잘 맞아 친하게 지냈다. 그의 저서 《교원병 진료 노트》는 교원병의 임상 바이블이라는 평판이 자자했다. 근래는 거의 만난 적이 없어서 연결될지 확신이 없이 전화를 걸었다. 운 좋게 본인이 전화를 받았다.

"무슨 일 있어?"

"지금 아버지와 함께 구급차 안에 있어. 받아주는 병원이 없어서 어떻게 해야 할지 모르겠네."

그렇게 말하니 그럼 자신이 근무하는 병원에 연락해보라는 대답이 돌아왔다. 신오쿠보에 있는 국립국제의료연구센터병원이다. 일찍이 모리 오가이(육군 군의관이자 소설가 - 옮긴이)가 군의관으로 활약하던 구 육군병원이다.

"근데 좀 머네."

"구급차로 가면 30분이면 도착할 거야. 아마 받아줄 거야."

"알았어. 그쪽으로 갈게. 자네도 연락해주면 고맙겠네."

나는 소방대원에게 친구가 근무하는 병원 이름을 말하고 구급차 출발을 재촉했다.

같은 날 22:29

국립국제의료연구센터로 가는 중. 결국 자력으로 해결. 닥터 미모리 고마워.

같은 날 22:24

이제 남은 것은 시간과의 싸움.

신오쿠보에 있는 병원에 도착하자마자 아버지는 바로 응급 진찰실로 옮겨졌다. 나는 병원 접수처에 있는 의자에 앉아 지시를 기다렸다.

아무리 기다려도 지시가 없다. 나는 간간이 담배를 피우기 위해 병원 밖으로 나왔다. 추운 겨울밤이었다. 병원이 위치한 신주쿠 도야마는 대단지 공동주택단지인 데다 상가가 없어서 밤엔 컴컴하고 쥐 죽은 듯 고요하다. 그것만으로도 추위가 더 사무쳤다. 들이마신 담배 연기와 함께 차가운 공기가 폐 안으로 들어와 나도 모르게 몸이 떨렸다. 밖에 오래 서 있어봤자 체력만 소모될 뿐이다.

병원에 도착하고 몇 시간이 경과하여 시곗바늘이 이미 자정을 넘겼다. 1시를 지나 2시를 돌고 있었다. 그때 나의 휴대전화가 울렸다. 병원 바로 가까이에 있는 신초샤의 편집자 A씨의 전화였다. 나의 트위터를 보고 전화를 준 것이다.

"괜찮으세요?"

"아, A씨, 아직도 일하고 계세요?"

"예, 끝내지 못한 일이 있어서. 근처인데 빵이나 뭘 좀 사다드릴까요?"

"아니, 괜찮습니다."

"무슨 일 있으면 연락 주세요."

고마운 말이었다. 그것만으로도 추위와 졸음이 얼마간 가시는 듯했다.

결국 아버지의 병실이 정해져 침대에 제대로 눕게 된 것은 새벽 4시 가까이 되어서였다.

산소호흡기가 부착되고 링거액이 들어가면서 간신히 사태가 진정되기 시작했다. 자는 숨소리를 내는 듯한 아버지의 얼굴을 보고 있자니 허기와 졸음이 덮치듯 몰려왔다. 오래 살게 되면 이런 일까지 겪지 않을 수 없다. 원치 않는 경험이지만 받아들일 수밖에 없는 경험이기도 했다.

그대로 병원에 남아 있을까 망설였으나 추후의 일을 생각하면

나를 닮은 사람

일단 돌아가 쪽잠이라도 잔 뒤 다시 나오는 편이 낫겠다고 판단
했다. 병원 직원에게 갈아입을 옷 등 필요한 물건을 챙기러 간다
고 알리고 병원 출구로 향했다. 택시를 기다리며 크게 숨을 들이
마셨다. 비공에 차가운 겨울 공기가 흘러들었다.

'이런…….' 지독하게 긴 하루였다. 해 뜨기 전에는 아마 집에
도착하기 힘들겠지. 나는 침대에 뻗어 죽은 듯 잠들어 어제부터
이어진 하루에 종지부를 찍고 싶었다.

그러나 이것은 아버지에게 있어 인생 최후 여정의 첫 번째 날
의 시작이었다.

제 9 장

변곡점

다른 사람

천신만고 끝에 간신히 병원에 들어갔지만 아무래도 이번 입원은 지금까지와는 전혀 다를 듯한 예감이 들었다. 병을 치료하기 위한 입원이라기보다 이곳이 마지막 장소이자 이후엔 어느 곳도 갈 데가 없는, 아무 데서도 받아주지 않을 것이란 느낌이 들었기 때문이다. 뭔가 확실한 근거가 있는 것은 아니나 나는 그것을 감지했다.

빈 침상이 없어서 처음엔 최상층 VIP실에 들어가 아래층의 일반 병실이 비는 것을 기다리기로 했다.

병원이 이렇게나 노인으로 가득 찼다는 사실에 새삼 놀랐으나 생각해보면 아버지 세대에 비해 우리 세대의 인구는 네 배나 된다. 25년 후엔 네 배의 고령화 압력이 사회에 가해지는 것이다.

NHK의 보도에 따르면 고령자(65세 이상) 인구가 2980만 명이 되었다고 했다. 그 수는 예컨대 북유럽 국가의 인구수를 훨씬 뛰어넘는 것이자 말레이시아와 사우디아라비아의 인구수와 맞먹는다. 엄청난 수의 노인이 앞으로 거리에 넘쳐날 것이다. 과연 그때 의료 체계는 어떻게 될 것인가.

그 풍경은 지금의 일본과 상당히 다른 것이 될 것이나 많은 사람은 이를 아직 절박한 문제로 받아들이지 않는 듯하다. 아니, 생각은 하고 있어도 실제로 피부로 체감하는 것은 또 별개 문제다.

사회는 타성으로 인해 변화가 현실로 나타나기까지 좀처럼 인식하지 못한다. 각성했다 해도 타성에 젖어 있는 한 유효한 대비책을 내놓지 못하는 경우도 있다. 그러나 간과할 수 있는 문제와 간과할 수 없는 문제가 있다. 변화는 지금까지 그러했듯 앞으로도 착착 확실하게 다가올 것이다.

특실에 입원한 일주일간은 아직 아버지의 의식이 또렷했다.

"병실이 너무 좋구나."

"아, 특실이에요. 빈 병실이 이곳밖에 없대요. 쾌적하죠?"

"호텔 같다."

"그러게요. 하지만 여기 계속 있으면 파산하고 말 거예요. 아래 일반 병실이 나면 그쪽으로 옮겨야 해요."

처음엔 아직 이런 대화도 나눌 수가 있었다.

거동도 못하는 아버지에게 텔레비전이 두 대, 욕실과 별실이 하나 딸린 호화로운 병실은 무용지물이다. 그럼에도 VIP 대접이 싫지는 않으신 모양이다. 백모님은 손수건으로 눈물을 찍으면서도 "이런 곳에 계시니 행복하신 거예요" 하고 말씀하셨다. 지나치게 호화로운 병실이 오히려 불길한 인상을 주었지만 정작 본인은 지인들에 둘러싸여 미소를 짓기도 했다.

그러나 이렇게 의식을 유지한 것은 처음 며칠뿐이었다. 얼마 안 가 섬망 증상이 심하게 나타났다. 낮 동안은 그럭저럭 대화가 가능했지만 밤엔 큰 소리를 지르거나 침대에서 내려오려고 해서 간호사를 곤란하게 했다.

지난번 에바라병원에 입원할 때는 처음부터 섬망 상태에 빠졌으나 이번엔 날이 갈수록 점차 섬망의 정도가 심해졌다. 다만 지난번 일이 있어서 섬망이 안개 걷히듯 사라질 것이라고 대수롭지 않게 생각했다. 그보다는 오히려 입원이 길어지면 아버지의 정신력이 버텨낼 수 있을지가 걱정이었다. 아버지는 이미 장기 입원 생활을 견딜 수 있는 정신력이 남지 않은 듯 보였다.

나는 이번에 신세를 진 닥터 미모리와 이후 치료 진행 방식에 대해 몇 차례 의견을 나누었다.

"꽤 어렵겠지"라고 말하니 미모리는 그러나 검사 결과는 폐에 특별한 이상이 나타나지 않았으므로 폐렴만 나으면 좋아지지 않겠느냐고 말해주었다.

이번 열은 오연성 폐렴(이물질이 기도로 잘못 넘어가 발생하는 폐렴 - 옮긴이)에 의한 것이라는 진단이 내려진 모양이었다. 그러나 나는 진단 결과에 큰 의미가 없는 듯 느껴졌다. 젊은 사람이라면 진단이 내려지고 치료 방침이 정해지면 회복을 위해 일직선으로 쭉 나갈 수가 있다. 아니, 우여곡절이 있다 하더라도 질병이라는 상태에서 어떻게든 벗어나서 일상생활로 복귀할 수 있다는 기대를 가질 수 있다. 그러나 지금의 아버지는 진단이 내려진 폐렴이 나아도 이는 생명의 위기에서 일시적으로 퇴피하는 것일 뿐 도주의 끝에 이전 같은 일상생활이 기다리고 있다고는 볼 수 없다.

어머니가 쓰러진 이후 아버지의 상태를 매일 관찰해온 나의 눈에 그 발자취는 일상생활이 아니라 어머니가 계신 곳으로 분명하게 향하고 있는 듯 비쳤다. 최후의 1마일을 어떻게 걸어갈 것인가, 그곳에 무엇이 기다리고 있는가, 그것만이 나와 아버지의 문제였다.

인간의 일생에는 몇 차례의 변곡점이 있다. 아이에서 청년이 되는 시점에 첫 번째 작은 커브가 있다. 그곳에서 자아를 발견하

나를 닮은 사람

고, 거리감으로 고민하고, 부모와의 갈등에 괴로워하는 등 불안정한 시간을 뚫고 나오게 된다.

청년기를 지나 심신 모두 성숙한 어른이 되는 성년 절정기에 최초의 전환점이 있다. 이후부터는 지금까지 걸어 올라온 여정을 되짚어 내려가게 된다. 기후가 비슷해도 봄과 가을의 풍경이 다르듯 그곳에서 보는 광경은 성장기에 본 그것과 완전히 다른 색채로 물들어 있다. 가을은 하루가 다르게 깊어져 마침내 붉게 물든 잎이 떨어지기 시작한다. 눈에 띄게 해가 짧아지고 피부에 차가운 공기가 느껴지기 시작할 무렵 또 하나의 변곡점이 나타난다.

그 변곡점이 시야에 들어오면 그것을 회피하거나 다른 우회로로 돌아가는 과정이 기다리고 있다. 성숙기를 거쳐 늙어가는 신체와 그것을 받아들이거나 거부하는 정신이 대립하고 갈등한다. 그리고 드디어 최후의 변곡점으로 넘어가는 단계가 된다.

그곳에선 지금까지의 변곡점과 전혀 다른 양상이 나타난다. 다시 회복하려는 의식이 사라지는 것이다. 자신이 이제까지 살아온 연장선 위의 자신이 아니라는 것조차 깨닫지 못한다. 따라서 이 변곡점은 부지불식간에 맞는 수밖에 없다.

지금까지의 변곡점은 일단 넘어간 뒤라도 다시 돌아와 재시도

하는 것이 가능하였으나 마지막 변곡점만은 되돌아오거나 새로이 해볼 수가 없다.

나의 눈앞에 전개되는 노년 최후의 실상은 죽음을 앞두고 인간이 부인, 분노, 타협, 우울을 거쳐 수용에 이른다는 유명한 퀴블러 로스의 이론과 완전히 배치된 것이다.

나는 아버지가 마지막 변곡점을 어느새 이미 지나쳤다는 사실을 깨달았다. 의사도 본인도 미처 그것을 알지 못한다. 어떤 과학적 근거가 있는 것도 아니고, 실증적 사례가 있는 것도 아니다. 그럼에도 이 변화가 이제까지의 변화와는 질적으로나 의미 면으로나 완전히 다른 것임을 감지했다. 그것을 알아채는 것은 가장 가까이에서 함께 생활하는 근친자뿐이다. 이유는 알 수 없으나 나는 그때 어떤 발견이라도 한 듯 이를 확신했다.

손이 묶이고 링거액 호스를 달고 산소마스크를 착용한 채 의식이 몽롱한 아버지를 보고 있으면 어머니가 계신 곳이 바로 코앞에 다가온 듯이 보였다.

"존엄사협회라는 곳에 가입되어 있네."

의사에게 말했다.

"그러니 연명 치료는 하지 않았으면 해. 최대한 고통이 없도록 해주길 바라네."

나를 닮은 사람

"알았어. 최선을 다해보지. 하지만 바로 어떻게 되는 상태도 아니고 예상보다 빨리 퇴원할 수 있을지도 몰라."

든든한 친구 미모리의 말이다. 외형적으로는 의사가 말한 그대로였다. 실제로 약효가 있어서 점차 열도 내리고 얼마나마 대화가 가능한 정도까지 회복한 것이다.

그러나 나는 알고 있었다. 회복된 듯 보이지만 이전의 아버지와는 전혀 다른 사람이 되어 있다는 사실을.

1월 26일(수) 21:40

밤, 일이 끝나자마자 아버지 병원을 찾았다. 증상이 호전되지 않아 의식이 거의 흐릿한 상태. 걱정되지만 지켜보는 것 외에 할 수 있는 것이 없다. 천명이란 이를 일컬음인가.

같은 날 22:40

BBC가 이집트 시위를 보도하였다. 지금까지의 반정부 운동과는 분위기가 다르다. 튀니지의 움직임이 주변 국가로 확대되는 양상. 레바논도 긴장. 팍스 아메리카나의 종식이 중동에 큰 변화를 가져오고 있다.

회사와 병원을 오가는 것. 그것이 나의 일상이었다. 개인적이고 내향적인 생활이 어느새 1년 이상 지속되었다. 외부에서 보면 나의 일상은 극히 변화가 없는 시간의 반복일는지 모른다.

병원의 텔레비전이, 거실의 라디오 또는 인터넷이 세상의 급격한 변화를 전해주었다. 잔잔해 보이는 수면 밑에서 커다란 흐름이 요동치면서 조금씩 위로 올라오는 듯 느껴졌다. 언제쯤 그것이 큰 파도로 덮쳐 평온한 일상을 뒤흔들 것인가.

추운 겨울

2월 들어 날씨는 한층 추위를 더했다. 아버지의 침대가 있는 방은 햇빛이 들어오지 않아 겨울엔 특히나 한기가 사무쳤다. "추위, 추위"가 입원 직전 아버지의 입버릇이었다. 히터로는 해결이 안 돼 가스난로를 최대한으로 올려 땠다.

"아무리 그래도 이 정도면 더울 텐데" 하고 말해도

"추워, 추워서 못 견디겠다" 하고는 가스난로를 곁에 끼고 계셨다.

역시나 앙상한 몸으로 한기가 뼛속까지 스며드는 방에서 겨울을 나기가 꽤나 힘들었던 모양이다. 움직이지 못하니 한층 추위가 더하다. 악순환이었다. 그 점에서 병원은 난방이 되고 하루 종일 실내 온도가 일정하게 유지되므로 입원이 어떤 의미에서는 다행인지도 모른다.

증세에 조금씩 개선의 징후가 보이기 시작했다. 나는 매일 저녁 일이 끝나면 병원에 들러 상태를 살펴보았다.

"어떠세요?"

"오늘은 누가 왔어요?"

"재활 치료는 하셨어요?"

거의 반응이 없었지만 간호사 말로는 내가 오는 것을 내내 기다리고 계시고 나와 대면할 때는 표정이 달라진다고 했다.

나는 아버지 다리를 주무르거나 말을 걸면서 1시간 남짓 병원에 머물렀다. 식사가 유동식에서 일반식으로 바뀌는 것이 회복 여부를 가늠하는 한 기준이다. 그런데 이번 입원에선 유동식에서 링거액 영양제 투여로 뒷걸음치는 일이 빈번했다. 조금 나아지는 듯하다가 다시 열이 나기 시작했다. 오연성 폐렴이 반복되었다.

병실에 들어가는데 아버지의 고함 소리가 울리기도 했다. 섬망 상태에서도 머릿속은 늘 일과 주민자치회의 잡다한 사건에 쫓기는 모양이었다. 아니 섬망 상태이기 때문에 지금까지 인생의 다양한 일이 다시금 반추되는 것이다. 업무상 분쟁이나 가까운 사람과의 말다툼도 그 속에 포함되어 있다.

"이봐, 가쓰미가 왔어!"

한번은 내가 들어가자 이렇게 큰 소리를 질렀다. 나를 얼마나 기다렸나 싶을 정도로 쩌렁거렸다. 다툼으로 아버지가 궁지에 몰린 듯하다. 내가 와서 아버지는 간신히 곤경에서 빠져나오는 상황인 모양이다.

나는 아버지가 보고 있는 환상의 장면에 동참하기로 했다.

"이제 괜찮아요. 제가 어떻게든 해결할게요."

그렇게 말하자 아버지는 안심하고 얌전해지셨다.

2월 14일(월) 23:55

병원에서 증상이 악화된 아버지를 보고 조금 낙담한 채 운전을 하는데 비가 눈으로 바뀌었다. 뭐, 괜찮아. 이런 날도 있는 게지.

같은 날 23:58

집에 돌아와 소고기카레를 만들고 밥을 짓고 아버지 옷을 빨고 다림질을 하고 목욕물을 데우고 좋아하는 음악을 다운로드한 뒤 오랫동안 이를 닦았다. 시간이 놀라울 정도로 회오리치며 빨리 지나가는 느낌이다.

코로나 석유난로를 샀다. 병원에서 집으로 돌아와 느긋하게 목욕물을 데우고 커피를 마셨다. 오렌지색 불꽃이 흔들리는 것을 멍하니 쳐다보았다.

실은 알라딘의 블루 프레임이라고 하는 파랑 불꽃이 아름다운 석유난로를 갖고 싶었으나 가격이 만만치 않아 코로나 원통형으로 절충했다. 코로나 석유난로의 작은 창 너머로 오렌지색 불꽃이 보인다.

석유난로를 구비한 김에 근처 만물상에서 큼지막한 주전자도 사왔다. 깊은 밤에 소리를 내면서 김을 내뿜는 주전자를 바라보며 커피를 마셨다. 이 생활도 얼마 남지 않았을지 모른다고 생각했다. 병원에서 의사와 나눈 이야기를 곱씹었다.

"섬망이 좀처럼 사라지지 않네."

"뭔가 변화를 줄 필요가 있지 않을까 싶은데. 집에 귀가하신 뒤 급격히 좋아지는 경우도 있어."

"그런가? 그러면 한번 집에 모셔가볼까?"

"시도해볼 가치는 있지."

"하지만 지금 상태로 집에 가실 수 있을까?"

"외출이라면 괜찮지 않을까?"

다음 날 나는 일단 집으로 모시겠다고 의사에게 말했다. 만약 상태가 괜찮으면 1박을 해도 좋다고 했다.

2월 마지막 토요일에 나는 아내와 함께 아버지를 모시러 병원에 갔다. 휠체어에 링거액을 꽂은 채 집으로 돌아왔다. 아버지를 부축해서 늘 계시던 자리에 앉히고 텔레비전 전원을 켰다. 얼마간 텔레비전 쪽을 보시는 듯했지만 텔레비전을 시청하는 것은 아니었다. 모처럼 집에 돌아왔지만 그곳이 더 이상 자신의 자리가 아니라는 듯한 모습이다.

"돌아가자." 아버지가 중얼거리셨다.

"돌아왔잖아요."

"병원으로 돌아가자고."

필시 의자에 앉아 있기가 힘드셨을 것이다. 재활을 겸한 연습이었지만 결국 1박을 하지 못했다. 3시간짜리 귀가에 그쳤다. 뭐, 괜찮아. 앞으로 이걸 반복하면서 조금씩 체류 시간을 늘려가면 된다고 스스로를 달랬다.

그러나 다시 이 집으로 돌아올 수 있을까? 그때는 어떤 생활이 기다리고 있을까?

병원으로 돌아가 집에서의 상태를 의사에게 말하니 다음번은 조금 길게 집에 머물 수 있도록 프로그램을 만들라고 했다. 가능하면 2주 후 즈음엔 퇴원까지 가도록 해보자는 것이 나와 의사의 희망적 관측이었다. 이후로 재활 시간을 더 길게 잡기로 했다.

천재지변

한번 재활하는 모습을 보러 오라고 해서 찾아가보았다. 평행봉 사이를 아버지가 뒤뚱뒤뚱 걷고 계셨다. 그 모양새가 마치 희극배우가 과장되게 다리를 올리며 걷는 식이라 영 우스꽝스러운 모양새였다.

나는 아버지가 필사적으로 걷는 모습을 보고 안도하기보다 어떻게 이렇게까지 되셨나 하는 절망적인 기분이 들었다.

"좋아지신 것 아냐?"

"평소와 비슷해."

"아니, 꽤 걷게 되신 것 같은데."

"열심히 하고 계셔."

"도움 없이도 걸을 수 있게 될 거야."

입으로는 안심시키는 말을 했지만 이미 돌이킬 수 없는 걸음걸이임을 나는 깨닫고 있었다. 그럼에도 의사와 논의한 대로 퇴원을 위한 프로그램을 진행했다. 병원 입장에서도 언제까지 노인을 그대로 둘 수 없는 사정이었다. 다소 무리라도 환경을 바꿔줌으로써 증상에 변화가 생길지 모른다.

이는 재택 간호로 바뀐다는 것을 의미한다. 데이케어와 통원 클리닉, 방문 간호와 가사 도우미까지 복합적인 체제를 짜놓으면 어떻게든 해나갈 수 있다. 실제로 그것이 어떤 생활이 될지 실감 나지 않았지만 결의를 굳건히 하는 수밖에 없었다.

나는 퇴원을 위한 준비를 시작했다. 회복되어 퇴원하는 것이 아니다. 병원에서는 이 이상 손쓸 방법이 없어서 집에서 간병하는 것이다.

이전에 입원한 에바라병원 인근에 재활을 전문으로 하는 클리닉이 있어서, 그곳의 원장이 상담을 위해 일부러 국립국제의료연구센터까지 찾아주었다. 닥터 미모리와 S클리닉 M원장, 나, 이렇게 세 사람의 회의가 시작되었다.

M원장은 게이오대학에서 아이스하키를 하던 운동선수답게 적극적이고 친절하게 상담을 해주었다. 낮에는 그곳에서 재활 치료를 받고 경우에 따라서는 숙박도 가능했다. 그렇다면 유치원 아이들처럼 아침 출근 전에 맡겼다가 저녁 귀가할 때 모시고 오는 방법이 가능하다. 보통의 데이케어나 단기 요양과 달리 상시적으로 전문의가 봐주는 점도 든든했다.

단 한 가지 문제가 식사였다. 재활 클리닉에서는 지금처럼 튜브를 통해 코로 하는 방식이 어렵고, 집에서는 한층 더 곤란하다는 사실을 알게 되었다. 의사, 간호사와 가족은 가능하지만, 가사 도우미가 처치하는 것은 법률적으로 금지되어 있다는 것이다.

"가사 도우미께 부탁해보죠."

의사, 간호사, 케어 매니저에게 이렇게 말하니

"그것은 법률적으로 불가능합니다"라는 대답이 돌아왔다.

"그런 법 따위 상관없어요. 제가 책임지죠."

"히라카와 씨, 지금 무슨 말씀을 하시는 겁니까?"

이런 입씨름이 오간 뒤 아내와 나는 일단 튜브 삽입법과 그 후 처치 방법을 간호사에게 강습받기로 했다.

그러나 현실적으로 매일 24시간 시중을 들 수는 없다. 최종적으로 의사는 위루 처치를 제안했다.

위루란 영양제 주입을 위해 위에 구멍을 뚫고 배에 개폐식 페그Peg 튜브를 달아 필요할 때 페그를 통해 직접 영양제를 위에 주입하는 것이다. 오연성 폐렴을 앓는 많은 노인이 이 위루 시술을 받고 있다.

나는 고심했다.

지금 아버지에게 살아가는 낙은 오직 목욕하는 것과 먹는 것뿐이다. 달랑 두 가지 남은 인생의 즐거움 중 하나를 빼앗아도 괜찮을까. 여생을 먹는 즐거움 없이 어떻게 살아가실까. 그렇게 산다 한들 무슨 의미가 있을까. 고민하고 있으니 의사가 말했다.

"위루를 해도 연하장애가 개선되면 입으로 먹을 수 있어요."

일단 위루 시술을 하면 두 번 다시 입으로 먹지 못할 것이라는 생각이 가시지 않았지만 지금 상황을 타파하기 위해서는 의사의 제안을 받아들이는 수밖에 없다. 그리고 최종적으로 "입으로도 먹을 수 있다"는 말에 희망을 걸어보기로 했다.

아버지에게는 위에 구멍을 뚫는 간단한 수술을 한다고만 전했다. 그렇게 되면 코에 튜브를 꽂고 있지 않아도 좋아진다, 편해진다고 말했다. 왠지 거짓말을 하는 듯한 기분이 들었다.

위루 시술을 결단하고 나는 오로지 이후의 생활을 어떻게 해나갈지, 아버지가 그 생활을 견딜 수 있을지에 대해서만 생각하였다. 동시에 간병 생활을 경제적으로 지탱하기 위해 일에 대해서도 고민해야 했다. 리먼 쇼크 이후 일이 현저히 줄어 경영에도 압박을 받고 있었다.

지난해 말 출판한 책이 그런대로 좋은 평판을 얻어 여러 곳에 서평이 실리면서 몇몇 출판사에서 집필 의뢰가 들어왔다. 개인적으로는 순풍이지만 나와 아버지의 생활, 회사를 둘러싼 환경은 점차 숨통을 조여왔다.

세계정세도 나날이 변화하였으나 그것은 어딘가 먼 일이었다.
어쨌든 해야 할 일을 조용히 해나갈 수밖에 없다.

내일은 내일의 바람이 분다.

어떻게든 되겠지.

진부하지만 일상이란 진부한 사건의 축적이라 생각하기로 했
다. 실제로 나는 내가 처해 있는 환경이 혐오스러운 것이 아니라
오히려 적극적으로 기꺼이 받아들여야 한다는 사실을 인식하고
있었다.

그날도 아침에 병원에 들렀다 회사로 향했다. 평소와 다름없이
아키하바라에 있는 회사 책상에 앉아 서류를 작성하는데 사무실
책상이 춤이라도 추는 듯 요동쳤다. 지금까지 경험한 적 없는 흔
들림이었다. 인간의 일생에 몇 차례의 변곡점이 있듯 3월 11일의
대지진은 일본이라는 국가에 하나의 변곡점인지도 모른다.

3월 11일(금) 15:33

아키하바라 리눅스 카페. 낡은 건물 무사함. 책상은 무너진 서류로 산만.

이날 집에 도착했더니 새벽 5시였다. 나는 잠시 눈만 붙이고

병원으로 갔다.

병원은 괜찮으리라 생각했지만 그럼에도 아버지의 정신 상태가 염려스러웠다. 나는 아버지를 침대에서 일으킨 뒤 휠체어에 태워 간호사 대기실까지 밀고 갔다. 간호사들은 평상시와 다름없이 바쁘게 움직이고 있었다.

창가에 휠체어를 세우고 아버지와 함께 13층 창문 너머로 와세다 방면 거리를 내려다보았다. 거리 모습은 어제와 다르지 않은 듯했다. 밀집한 가옥 너머로 한창 건설 중인 도쿄 스카이 트리가 보였다.

"흔들렸어요" 하고 말했지만 아버지는 대답이 없다.

"거리는 괜찮은 모양이네." "일본 건축물은 대단해요." "우리 회사는 꽤 흔들렸어요." "어제는 도로가 막혀서 집에 가는 데 애를 먹었어요."

일방적으로 이야기를 줄줄이 늘어놓는데 내내 가만히 듣고 있던 아버지가 "나는 전쟁에도 참전했다"며 전혀 예상치 못한 반응을 보였다.

그렇지, 아버지 세대는 이런 참사를 몇 번이나 경험했지. 도쿄 대공습으로 폐허가 된 도쿄. 전쟁을 몸으로 이겨낸 세대.

전후 오래 유지하고 있는 평온은 오히려 예외적인 것인지 모른다. 그 예외적인 평온 아래서는 시야 밖에서 진행되는 변화의 회오리를 놓치기 쉽다. 설상가상 그곳에 어떤 거대한 변곡점이 내재되어 있을 수도 있다.

변곡점은 돌연 시야에 나타났다. 그것은 대부분의 일본인이 상상도 못하던 것이었다. 지진과 대형 쓰나미와 원자력발전소 사고가 그것이다.

이 변곡점을 지난 일본은 어디로 향할 것인가. 이 시기는, 아니 이후에도 향방이 명확하지 않다. 다만 일본이 지금까지의 연장선 위에서 나아갈 수 없다는 사실만큼은 명확한 듯하다. 그러나 평온한 시대가 지속되면서 생긴 타성으로 일본인은 변화의 방법조차 망각하였는지 모른다.

"전쟁에 나갔다"고 아버지는 말했다.

그러나 아버지에게 전쟁 이야기를 들은 적이 없다. 젊은 시절에 늑막염에 걸려 징병을 면했다는 말을 들은 적이 있지만 정확한 이야기가 아니었던 모양이다. 실제로 후에 유품을 정리할 때 출병을 찬양하는 여러 사람의 글귀가 쓰인 너덜너덜한 국기를 발견했다.

나는 정말로 아버지에 대해서 아무것도 모르고 살았다. 아니,

모른 것이 아니라 알려고 하지 않은 것이다.

이제 그것을 알고 싶지만 더 이상 아버지에게 옛날이야기를 들을 수는 없을 것이다.

갑작스러운 눈물

그날, 그러니까 대지진이 일어난 다음 날 병원을 나오는데 조카(동생의 둘째 아들)에게 전화가 걸려왔다. 양친과 연락이 되지 않는다는 것이었다. 동생 일가는 센다이에 살고 있다. 조카만 결혼해 도쿄에 살고 있는데 전화가 되지 않아 애가 타는 모양이었다. 바닷가 쪽이 아니라서 괜찮으리라 싶었지만 내 쪽에서도 연락 방법을 찾아보겠다고 말하고 전화를 끊었다.

쓰나미 피해 상황과 원자력발전소 사고 상황이 드러나면서 세간의 공기가 일변했다. 각종 이벤트와 지역 축제가 취소되고 인터넷상에서는 위태로운 공방이 이어졌다.

나는 다음 날도 그다음 날도 평소와 다름없이 병원에 갔다. 대화를 시도하고 얼마간 지켜본 뒤 아버지의 더러워진 옷가지를 가지고 돌아왔다. 집에 오면 대지진 속보를 보기 위해 텔레비전에 매달리면서도 틈틈이 빨래를 걷고 다림질을 하고 식사를 준비했다.

아버지 의식 상태는 오전 중에 재활할 때는 비교적 멀쩡해서 간호사와 대화를 하기도 하는 모양이었다. 내가 문병을 가는 저녁 시간엔 의식이 혼탁한 때가 많았다. 다만 늘 같은 상태가 아니라 이따금 거의 완벽하다고 할 정도로 명료하기도 했다. 그러나 나는 아버지의 의식이 분명할 때가 가장 괴로운 시간임을 알게 되었다.

"이제 지겹구나."

"지겨우셔도 혼자서 걸을 수 있어야죠."

"힘들단 말이다."

"그래도 재활 치료를 열심히 하시면 다시 회복될 수 있어요."

"빨리 돌아가고 싶다."

이렇게 말씀하시곤 갑자기 흐느껴 울기 시작했다. 아이가 떼를 쓰며 우는 것처럼 히잉-히- 하는 소리를 내어 우셨다. 나는 아무것도 할 수가 없어서 가만히 아버지 손을 잡았다. 아버지가 우는 모습을 본 것은 이전에도 이후에도 없었다. 이때뿐이었다.

3월 28일(월) 21:33

오늘도 일이 끝나고 병원으로. 아버지는 몹시 지치신 듯 집에 가자고 하며 우셨다. 이번 주말 위루 수술을 앞두고 정신적으로 한계가 온 듯하다. 지난주 집에 도착한 소방 활동 감사패를 읽어드렸다. 그때만 잠시 평온한 얼굴로 돌아왔다.

나를 닮은 사람

제
10
장

또
하
나
의
세
계

기적

대지진으로 연락이 되지 않던 동생 일가는 다행히 난을 피한 모양이었다. 인터넷 게시판에 제수씨가 글을 남겨 무사하다는 사실을 알 수 있었다. 조카가 이를 발견하고는 내게 전해주었다.

그동안 조카는 몹시 애간장을 태웠을 것이다.

조카는 자기 아버지, 어머니를 걱정하면서도 자주 할아버지 병문안을 왔다. 저녁에 병실에 들어가면 침대 옆에서 서류 업무를 보고 있는 조카를 종종 만날 수 있었다. 병실 창문으로 석양빛이 쏟아져 들어왔다. 역광으로 실루엣이 된 손자와 할아버지가 그려낸 병실 풍경은 마치 한 폭의 그림처럼 고요함과 평화로움으로 충만했다.

의사는 위루 수술이 위에 작은 구멍을 뚫는 간단한 것이라고 했다. 수술 전에 검사가 진행되었고 그다음 날 의사의 호출을 받왔다. 의사가 찾는 것은 그리 바람직한 일이 아니다. 무언가 좋지 않은 일이 일어나고 있음을 의미하기 때문이다.

　설명에 따르면 장이 위 하부에 밀려들어서 간단하게 위에 구멍을 내기가 어렵다는 것이었다. 뭐든 간단하게 되는 일이 없다. 다음 방법은 가슴 언저리나 어딘가 다른 곳에 구멍을 내야 하는데 이 경우는 수술이 복잡해진다고 했다.

　나는 큰 수술만은 피하고 싶다, 위루 수술을 할 수 없다면 튜브 상태를 유지하겠다고 주장했다. 병원 간호사 대기실 앞에서 나도 의사도 어쩌지 못하고 팔짱을 낀 채 침묵에 빠졌다.

　병원에 설치되어 있는 텔레비전에서 시시각각 쓰나미와 원전 사고 속보가 흘러나왔다. 꿈속을 사는 아버지가 불쑥 뜻밖의 말을 내뱉었다. 내가 원전 사고를 일으킨 것이라 의심한 것이었다. 학생운동을 하던 시절의 트라우마가 이렇게 남아 있다고 생각하니 걱정을 끼친 것이 죄스러웠다.

3월 15일(화) 21:28

회사 일을 빨리 끝내고 병원에 가서 아버지를 병문안하다. 간호사 대기실 앞에서 텔레비전을 보다가 섬망이 심해진 아버지가 "네가 저렇게 했느냐"며 돌연 역정을 내셨다. 위로 영양을 공급하기 위한 위루 처치는 내장에

문제가 있어 상태를 지켜보기로 했다.

여러 날 후 위루 수술이 가능할 듯하다는 대답이 왔다. 이것이 낭보일까. 안도하기보다 오히려 결국 입으로 먹을 수 없는 몸이 된다는 상실감 쪽이 더 컸다.

그날 밤은 좀처럼 일이 손에 잡히지 않았다. 그래서 친구가 보내준 다큐멘터리 비디오를 보기로 했다. 〈탈환〉이라는 타이틀로 NHK에서 예전에 방송한, 조지 포먼이 헤비급 챔피언을 탈환하기까지 궤적을 그린 다큐멘터리다.

이 작품에는 작가 사와키 고타로가 깊이 관련되어 있다. 아니, 사와키가 없다면 이 작품은 존재할 수 없다 해도 과언이 아니다.

일찍이 그는 일본인 혼혈 복서를 밀착 취재하여 아름다운 서사시 같은 다큐멘터리 원고를 쓴 적이 있다. 그 작품 〈한순간의 여름〉에는 카시아스 나이토ヵシアス內藤(전 동양 미들급 챔피언, 미국인 아버지와 일본인 어머니 사이에서 출생 - 옮긴이), 명트레이너 에디 타운젠드, 그리고 당시 아직 신출내기 카메라맨이었던 나이토 도시로와 사와키가 만들어낸 인간 군상과 그곳에 떠도는 과묵하지만 농밀한 공기가 절제된 필치로 그려져 있다.

〈한순간의 여름〉에서 사와키는 대상에 밀착한 다큐멘터리 작가라기보다 그 자신이 대상의 일부가 될 정도로 작가의 경계를 뛰어넘었다. 〈탈환〉에서도 사와키는 통상적인 복싱 팬이나 작가와 달리 한 걸음 더 깊이 파고들어 조지 포먼과 무하마드 알리를 인터뷰하였다.

과거 이 사상 최강의 하드 펀처는 킨샤사에서 무하마드 알리와 사투를 펼쳤으나 끝내 알리에게 패배하자 이후 링을 떠나 목사로 변신했다. 바로 그 주인공 포먼이 누구나 무모하다 생각하는 헤비급 타이틀에 재도전하여 최종적으로 타이틀을 탈환한다. 이것은 거의 기적 같은 이야기다.

승리의 순간, 떠내려갈 듯 소란스러운 경기장 한구석에 놀란 듯 입을 벌린 채 고개를 흔들고 있는 사와키 고타로가 있었다. 그 자신조차 이 기적을 믿지 못하고 있음을 보여주는 장면이다.

이 이야기의 또 하나의 복선은 전초전에서 흠씬 두들겨 맞고 긴 의자에 누워 있는 포먼에게 신이 나타났다는 일화다. 포먼이 목사 신분이나 목사로 링에 오른 것은 아니다. 전성기를 지났다고 해도 링 위의 포먼은 과거와 다름없이 송곳니를 날카롭게 세운 야생 파이터였다. 그가 링에 오른 것은 포교 활동에 필요한 자금을 벌기 위해서였다.

인상적인 것은 그 기적의 경기장에 파킨슨병을 앓고 있는 무하마드 알리가 얼굴을 떨며 나타난 것이다. 알리의 기묘한 걸음걸이에 나는 시선을 빼앗겼다. 그리고 승리 후 휘파람을 불며 호텔 복도를 걸어가는 포먼의 대조적인 모습도.

아버지도 오랫동안 파킨슨병을 앓으셨다. 알리의 걸음걸이를 보고 나는 재활 치료를 하던 아버지를 떠올렸다. 아니, 그 기묘한 걸음걸이를 보고 있는 나를 떠올렸다는 편이 적절할지 모르겠다. 단순히 걷는 행동이 얼마나 정밀한 균형 위에서 성립하는 동작인지 깨달았던 것이다.

아버지는 필사적으로, 흡사 잘못 만들어진 이족 보행 로봇처럼 걸으셨다. 오른발 다음에 왼발을, 왼발 다음에 오른발을. 너무나도 당연하고 간단한 동작이건만 생각대로 움직여주지 않는다.

그때 나는 아버지가 이쪽으로 돌아올 수 있는 경계선을 넘지 못하고 저쪽으로 가버렸음을 깨닫고 참담한 기분이 들었다. 어쩌면 그것은 나의 착각이고, 실은 파킨슨병이 그런 인상을 주는지도 모른다. 다만 노화와 파킨슨병이 이중으로 겹칠 때 되돌릴 수 없는 지점을 뛰어넘어버리는 것도 명백한 듯 느껴졌다. 그런 것일지도 모르고, 그것 역시 착각일지도 모른다.

아버지 곁에 1년 반이나 붙어 있으면서 나는 무엇을 본 것일까

하는 생각과, 나만 오로지 아버지의 어두운 정신의 일면을 봤다는 생각이 교차했다.

포먼의 〈탈환〉은 기적적인 사건이나 기적 그 자체는 아니다. 일단 은퇴했어도 그는 아직 링과 연장선상의 세계에 살았다. 만약 파킨슨병에서 회복한 알리가 〈탈환〉을 했다면 그것이야말로 기적이다. 장난스럽게 복싱 제스처를 취하던 알리와 링 사이엔 어느덧 넘을 수 없는 깊은 절벽이 드리워 있다.

나는 아버지 신상에 기적은 없으리라는 체념에 가까운 생각을 곱씹었다.

기적은 좀처럼 일어나지 않는다.

별이 빛나는 밤하늘

3월 11일 대지진 이후 세상의 공기는 일변했다.

후쿠시마 제1 원자력발전소 상황이 밝혀지면서 이 사고가 가진 의미의 중대함을 사람들이 깨닫기 시작한 것이다. 이번 사고가 지금까지의 기업 사고와 전혀 차원이 다른 것이며, 처리의 어려움과 사고가 의미하는 심각성에 대해 아직 그 누구도 예측조차 하지 못한 채 시간만 흘러갔다.

텔레비전에서는 계획 정전의 가능성을 보도했다. 병원 직원에게 문의하니 병원의 무정전 전원 장치는 몇 분밖에 유지되지 않는다고 했다. 그 경우 다양한 전기 의료 기기에 매달린 환자들은 어떻게 되는 것일까.

아버지 역시 산소호흡기와 여러 기계에 연결된 상태로 침대에 누워계신다. 분명 의료 기기에 의존하지 않으면 연명할 수 없는 상태는 정상이 아니다. 그러나 병원에 있으면 그런 비정상이 일상적이라는 사실을 망각하는 것이다.

식료품을 사기 위해 슈퍼마켓에 가면 평소엔 채소와 과일, 유제품 등으로 가득 차던 선반이 텅텅 비어 있다. 물이 방사능에 오염되었다는 소문이 퍼져 주부들이 페트병에 든 생수를 무턱대고 사재기한 듯 매장에서 완전히 자취를 감추어버렸다. 요구르트 역시 매장 어디에서도 찾아볼 수 없다. 아무래도 사재기의 여파와 입하 부족이 영향을 준 듯하다.

주유소에는 자동차 줄이 길게 늘어서 1시간 정도 기다려 간신히 기름을 넣어도 급유 제한으로 10리터밖에 주유할 수가 없다. 나는 자동차를 포기하고 전철을 갈아타고 회사와 병원, 집을 왕래했다.

그날도 구가하라 역에 내려 슈퍼마켓에서 산 무거운 짐을 안고 터벅터벅 걸어 집으로 돌아왔다.

구가하라 역에서 집까지는 기찻길 옆 외길을 5분 정도 걷는다. 대지진 이후 절전으로 점포에서도 네온사인 같은 불필요한 전기를 껐다. 마을 전체가 평소보다 꽤 어두웠다. 나를 추월해서 달리는 이케가미선 열차의 불빛이 평소보다 눈부셨다.

올려다보니 하늘에 별이 반짝였다.

이렇게 밤하늘을 올려다본 것이 몇 년 만인가.

본가 인근에는 목욕탕이 두 곳 있었다. 주로 상점가 목욕탕을 이용했지만 역 앞 이쪽에 있는 목욕탕도 이따금 찾았다. 이쪽의 목욕탕은 후에 도쿄 온천 중에서 흔히 볼 수 있게 된 흑탕(광천 온천으로 물이 거무스름한 특징이 있다 - 옮긴이)으로 냉천을 데운 것이었다.

어두운 밤길을 걷고 있자니 그 옛날 아버지와 역 앞 목욕탕에 다니던 시절, 그러니까 1960년경의 풍경이 눈앞에 떠올랐다.

목욕을 마친 뒤엔 꼭 밤하늘을 올려다보았다. 기억 속 밤길에는 커다란 달이 떠 있고 두 사람의 그림자가 길게 드리웠다.

오늘도 그 옛날과 똑같은 밤하늘이 있다. 도쿄의 동네마다 귀갓길을 재촉하는 사람들이 나처럼 별이 반짝이는 밤하늘을 올려

오늘도
그 옛날과
똑같은 밤하늘이 있다.

다보고 있을까.

3월 18일(금) 10:38

어젯밤 오타 구 구가하라 부근에서 하늘을 올려다보니 쏟아질 듯 많은 별
이 보였다. 어릴 적 아버지와 함께 목욕탕에 다니던 시절 하늘을 자주 올
려다보며 달구경을 하던 기억이 떠올랐다. 휘황찬란한 도시보다 별이 보
이는 곳에서 사는 것이 좋을지 모르겠다. 가치관을 전환할 기회로 삼아야
겠다.

수술이라는 이름의 후퇴전

위루 수술에 가능성이 있다고 했지만 수술은 좀처럼 이루어지
지 않았다. 재해로 인해 세정제가 부족해 긴급하거나 위독한 환
자의 수술을 우선했기 때문이다.

그사이 후쿠시마 제1 원자력발전소에는 이변이 일어나고 있
었다. 지진과 쓰나미로 모든 전원이 차단되는 사태로 4기의 발전
시설에서 냉각수를 순환시키는 기능이 작동되지 않아 연료봉이
냉각수 상부에 노출된 채 연소 상태에 빠진 것이다. 냉각수를 보

충해 연료봉을 지속적으로 냉각시키지 않으면 결국 녹아내려 수납 용기 바닥에 떨어진다. 그러나 뚜렷한 대책을 취하지 못한 채 상황이 날로 악화되어갔다.

연료봉은 압력 용기, 격납 용기, 외곽 건물 순으로 덮여 있는데 그 외곽 건물이 차례로 수증기 폭발을 일으켜 다량의 방사능이 누출되는 상황이 벌어졌다. 격납 용기에서 유출된 수증기가 수소와 산소로 열분해하여 불안정해지면서 그것이 건물 내부에서 폭발한 것이다.

이즈음부터 '멜트다운'이라는 말이 항간에 나돌기 시작했다. 이 위기에 대처하기 위해서는 어쨌든 연료를 냉각시켜야만 하고 외부에서 냉각수를 주입하는 수밖에 없었다. 애초엔 호스를 끌어 바닷물을 주입했으나 어떤 이유에서인지 해수 주입이 원활하지 않은 모양이었다.

건물이 파손되고부터는 자위대 헬리콥터가 큼지막한 물통으로 하늘에서 주입하는 재난 영화 같은 상황이 벌어졌다. 그리고 도쿄소방청 대원이 결사의 각오로 현장 부근까지 접근하여 살수차로 대량의 물을 뿌렸다.

지금까지는 긴 막대기로 악귀를 멀리서 쿡쿡 찌르는 형국이었으나 이제는 사정거리 안까지 들어가 악귀와 격투하는 소방대원이 등장한 것이다. 이것이 어느 정도 실효가 있었는지는 차치하고 목숨을 걸고 싸우는 소방대원의 모습에 많은 이들이 갈채를 보냈다.

3월 19일(토) 23:51
도쿄소방청 회견. 드디어 현장을 직접 거쳐온 실무자가 나타난 듯하다.

아버지는 수십 년간 지역 방범과 소방 활동에 헌신하셨다. 본가 서랍에는 소방용 모자와 완장, 손전등과 비상용 무전기 등 방재용품이 가득 들어 있다. 소방서는 몇 차례나 감사장을 수여했다. 아버지가 원전 폭발로 싸우는 소방대원의 모습을 보셨다면 얼마나 감격하고 흥분하셨을 것인가.

그러나 병원에서 이 일에 대해 말씀드려도 거의 반응이 없었다. 이즈음에는 자신이 처한 상황이나 병원 밖에서 일어나는 일이 이미 아버지의 시야에 들어오지 않는 상태였던 것이다.

눈의 기능에는 이상이 없었다. 실제로 텔레비전 화면을 볼 수 있었고 머리맡에는 잡지가 펼쳐져 있었다. 그럼에도 아버지가 보고 있는 것은 섬망 속에 나타나는 과거 속 하나하나의 장면이며, 아버지가 살아가는 곳도 그 장면 속이었다.

위루 수술이 이루어진 것은 결국 4월에 접어들어서였다. 수술은 큰 문제 없이 끝났고, 수술 후 경과도 순조로웠다.

지금까지 코에 튜브를 꽂아 영양분을 공급했으나 이후부터는 코를 통하지 않고도 가능하게 되었다. 오랜 시간 코에 튜브를 삽입한 탓에 코의 모양이 변형돼 있었다.

"수술은 잘됐어요."

"이제는 더 이상 힘들게 코에 튜브를 꽂지 않아도 돼요."

무슨 말을 해도 이전처럼 대답이 돌아오는 일은 없었다.

중얼중얼 뭔가를 말했지만 무슨 말인지 알아들을 수 없었다.

수술의 목적은 몇 주 후 퇴원해서 재택 간호로 전환시키기 위함이었다. 수술을 함으로써 한 걸음 전진하는 것이 목적이었던 것이다. 그러나 지금 상태를 보면 도저히 진전됐다는 판단이 서지 않았다. 아니 오히려 몇 걸음이나 후퇴한 듯 느껴졌다.

도대체 무엇 때문에 수술을 했을까 하는 생각이 들었다.

나도 의사도 뭔가 중대한 것을 놓치고 있는 것이 아닐까.

지금 아버지에게 해야 할 일은 전혀 다른 것이 아닐까.

병을 치료하는 행위에 의미가 있는 것은 어디까지나 병이 나은 후 일반적인 생활을 영위할 수 있다는 전망이 전제된다. 혹은 일단 긴급 위기 상황을 탈출하는 것이다. 그러나 지금 아버지의 오연성 폐렴이나 보행장애나 섬망이 과연 '병'이라 할 수 있을까.

병—건강, 이상—정상이라는 우리들이 살아가는 세계와는 완전히 다른 문맥 속에 아버지가 들어가버린 것이 아닐까.

그것 자체가 '노화'라는 것이고, '노화'란 병이나 이상과 같은 문맥과 별개의, 인간 생애의 한 단면이 아닐까. 그리고 그에 대해 나는 전혀 무지한 것이 아닐까.

휠체어에 앉아 텔레비전 화면 쪽에 시선을 고정한 채 꼼짝 않고 있는 아버지를 보면서 도대체 아버지는 무엇을 보고, 무엇을 느끼고 계실까 생각하였다.

제
11
장

푸른 하늘

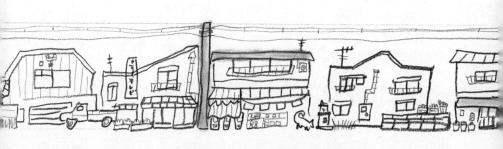

나의 푸른 하늘

위루 수술 경과는 순조로웠다. 단지 외과적으로 순조로웠다는 것일 뿐, 아버지의 몸은 수술 전보다 허약해진 듯 보였다. 상처가 아물고 나면 다시 일어나 걸을 수 있을까. 설령 그렇다 해도 건강한 86세의 걸음걸이로 되돌아가리라고는 도저히 생각되지 않았다.

병원 텔레비전에선 지진과 쓰나미로 파괴된 후쿠시마 제1 원자력발전소 상황을 시시각각으로 보도했다.

당초 낙관론을 펼치던 전문가들도 점차 수증기 폭발을 일으킨 외곽 건물 상태가 전해지자 논지를 미묘하게 바꾸었다. 앞으로 일어날 일에 대해 그들은 책임지고 자신의 주장을 말하는 것일까. 혹은 어떤 확실한 근거가 있어서 낙관론을 펼치는 것일까.

아니, 장래 일어날 일에 관해 실은 어디에도 확실한 근거 따윈 없다. 인간의 머리에서 일어나는 어떤 일에도 확실한 근거가 없는 것과 같다. 그곳에 있는 것은 단지 빈곤한 경험치와 실험실에서 확인된 인과법칙이며, 이를 아무리 동원한들 미래의 확실한 근거는 될 수 없다.

장래에 관해 논한다는 것은 하나의 가능성을 논하는 것에 다름 아니다. 가능성은 종종 예기치 못한 요인에 의해 불가능성으로 바뀔 수 있다. 전문가가 장래를 예측할 때 취할 수 있는 책임이란 그것이 빗나갈 가능성에 대해 배려하는 것뿐이다.

달리 표현하자면 자신의 지적 한계에 대해 아는 것이 필요하다. 텔레비전 화면에서 지금 원자로 내에서 무슨 일이 일어나고 있는지, 이후 어떻게 될 것인지를 자신 있게 해설하는 전문가에게선 그런 배려가 느껴지지 않았다.

텔레비전을 보면서 나는 현장에 기초한 실질적인 내용을 아무도 전해주지 않는 것이 불만스러웠다. 저 외곽 건물 내부에서 무슨 일이 일어나고 있는지 미세한 피부 감각으로 감지한 자만이 이 비정상 사태의 의미가 무엇이고 무엇을 우선시해야 하는지에 대해 알고 있을 것이다.

내가 아버지에게 배운 거의 유일한 것은 현장, 실물, 현실에 근거한 사고는 때로 시야협착에 빠질 위험이 있지만 그럼에도

　　　　나를 닮은 사람

현장 감각과 조율되지 못한 객관성 따윈 아무짝에도 쓸모없다는 사실이었다. 그런 현장 감각을 처음으로 보여준 이가 바로 도쿄 소방청 대원들이었다.

그들이 후쿠시마 제1 원자력발전소에 들어가 대활약한 다음 날, 친구 이시카와 시게키가 운영하는 라이브 카페 '어게인'에서 소박한 이벤트가 있었다.

이시카와는 내가 우치다 다쓰루 등과 의기투합해서 차린 번역 회사의 창립 멤버로, 마지막까지 이 회사의 전무로 애써준 죽마고우이다. 내가 회사를 그만두자 얼마 안 있어 그도 회사를 나와 무사시코야마 역 앞에 라이브 카페를 열었다. 이날은 4주년 기념일이자 뮤지션 오타키 에이치의 《롱 버케이션A Long Vacation》 30주년 기념 앨범 발매일이라 내게도 뭔가 해달라는 제안을 해왔다.

행사장에는 오타키 에이치의 팬(오타키가 1974년에 만든 레이블 '나이아가라ナイアガラ'를 기념하여 나이아가라아ナイアガラー로 불린다)들이 전국에서 모여들었다. 전국이라고 해도 20명 정도이지만 그중에 후쿠시마 원전에서 20킬로미터 권역에 있는 소마 군에 본가가 있는 이가 있어서 현지 상황을 슬라이드로 보여주었다. 그도 열혈 나이아가라아의 일원이다.

나는 그들 무리는 아니었지만 이시카와의 요청에 응해 이행기적 혼란에 대해, 진행 중인 원자력발전 사고에 대해, 평소 느낀 바 등을 이야기했다. 의외로 나이아가라아 회원들이 열심히 강연을 들어주었다.

이야기가 끝나자 오타키 에이치와 관련된 곡이 흘러나왔다. 그중에 오타키가 부르는 '나의 푸른 하늘'이 있었다.

이 노래는 내게 특별한 곡이다.

원곡은 미국에서 만들어져 1920년대 대히트한 이후 스탠더드 넘버가 된 '마이 블루 헤븐'이라는 곡이다. 이것을 호리우치 게이조가 번안하고, 후타무라 데이이치, 아마노 기쿠요가 노래하여 콜롬비아사에서 음반으로 발매했다.

1920년대에 첫선을 보인 이후 시대를 초월해 많은 일본인 가수가 이 노래를 불렀다. 에노모토 겐이치가 중심이 되어 합창하는 영상과, 연극 〈상하이 반스킹〉에서 요시다 히데코의 노래도 인상적이었다. 특히 나와 동년배이면서 전대미문의 술꾼인 가수 다카다 와타루의 라이브 연주가 영화에서 흘러나올 때는 몹시 떨렸다.

일본에서 이 노래가 계속 불리는 이유는 곡조도 좋지만 무엇보다 호리우치 게이조의 번안이 당시 일본인의 생활 정서에 딱

들어맞았기 때문일 것이다. 소시민적 행복을 노래한 가사로, 쇼와시대 초기를 살던 사람이라면 누구나 이 노래가 말하는 '가정의 행복'에 사무친 듯한 그리움이 실감된다.

어쩌면 그 이유가 어느덧 그것을 잃어버린 지 오래되었기 때문인지 모른다. "날 저물어 밤길 들어선 곳은 우리 집으로 난 오솔길"이라는 구절을 듣노라면 나도 목욕을 마치고 아버지와 함께 걷던 귀갓길 풍경이 떠오른다. 이상하게도 이 노래는 상황이 좋지 않을수록 더 마음을 울린다. 절망적인 공기에 얼마간 습도와 온기를 불어넣는다.

이날 흐르던 오타키의 노랫소리는 맨 처음 영어 버전의 나지막한 창법을 떠오르게 했다. 그리고 감상을 배제하고 노래할수록 더욱 가슴을 절절하게 만든다는 사실도. 나는 손에 들고 있는 휴대전화로 트윗을 올렸다.

3월 20일(일) 15:32
오타키가 부르는 '나의 푸른 하늘'이 흘러나온다. 마음을 울린다.

그날 밤 집에 돌아와 컴퓨터를 켰더니 예의 소마 군에 사는 나이아가라아 회원에게서 나의 말이 적확한 지적이며 의미 있는

토의였다는 메일이 들어와 있었다. 그리고 "좋았습니다. 나의 푸른 하늘"이라는 말을 덧붙였다.

위독한 전갈

매일 병원을 찾았지만 수술 후 아버지는 대화가 거의 불가능한 상태였다. 아버지는 침대에 반듯이 누워 천장 한구석만 응시한 채 중얼중얼 알아들을 수 없는 군소리를 했다. 그러고는 허공에다 손을 휘저으며 뭔가를 잡으려 했다. 가느다란 아버지의 손은 뭔가를 움켜쥐려 하지만 결국 잡지 못한 답답함을 표현하는 듯 보였다. 섬망 속에 살고 있는 아버지가 어떤 '현실'을 보고 있고, 어떤 '공간'을 호흡하고 있는지 나로서는 알 도리가 없었다.

'어게인'의 이벤트가 끝나고 나는 곧바로 병원으로 향했다.

못 알아듣는다는 것을 알면서도 "어때요, 안색이 좋으신데요?" 하고 말을 걸었다. 얼마 동안 상태를 본 뒤 기저귀와 소변용 패드를 갈고 세탁물을 가지고 병원을 나왔다.

집에 돌아오는 전철에서 조금 전에 구입한 오타키 에이치의 《롱 버케이션》 30주년 기념 앨범 CD를 들으며 이후의 일을 막연하게 생각했다. 그러나 이후의 일이라는 것이 무엇을 의미하는지 알 수 없었다. 따져보면 지금 이 생활이 어느 정도 지속되든가, 아니면 어딘가에서 종지부가 찍히든가 하는 것 외엔 없을 것이다. 그러나 나는 도무지 그렇게 생각되지 않았다.

훗날은 올 것인가, 그것은 어떤 날일 것인가.

그저 이것만 막연하게 생각하였다.

차창에 비치는 아오야마 묘지 일대에는 새롭게 움튼 신록이 봄바람에 살랑거렸다. 생명의 강인함과 잔혹함이 지면에서 허공을 향해 일제히 싹을 틔운 풍경이 왠지 숨이 막혀왔다.

지난 60년간 늘 보던 풍광이지만 올해만큼은 계절의 변화가 달리 느껴졌다. 사람이 어떤 상황에 처하거나 갑작스러운 천재지변이 일어나더라도 봄이 되면 어김없이 싹을 틔우는 생명력이 잔혹하게 느껴졌다.

이 생명력은 내 신상의 어려움이나 원자력발전소의 사고에 무관심하다. 자연은 어디까지나 인간에게 무관심하다.

그로부터 한 달 정도 특별한 변화는 없었다. 나쁜 소식도 없고 좋은 소식도 물론 없었다는 의미다. 나는 회사와 병원, 집 사이를

규칙적으로 오갔다.

그사이에 도지사 선거가 시작되었지만 나는 아무런 감흥도 일지 않았다. 늙은 현직 지사가 대지진을 '천벌'이라 언급해 빈축을 샀으나 나는 이런 말이 더 이상 아무런 의미가 없다고 생각했다. 기자들에게 둘러싸인 정치가가 떠드는 말에는 어떤 현실도 반영되어 있지 않고 아무런 해결책도 만들어내지 못함이 명백하다. 그렇다면 이런 말은 현실이나 생활에서 괴리된, 그들 주변 수미터 내에서만 떠도는 노이즈에 불과하다.

일요일 점심때 즈음 평소처럼 병원에 갔다 돌아오는데 이상하게 오쿠보 거리가 심하게 정체됐다. 병원에 있을 때도 사이렌 소리가 들려서 무슨 일이 있나 했는데 화재가 난 모양이다.

그 화재 현장 가까이에서 내 차는 옴짝달싹 못했다.

얼마 안 가 전신이 흠뻑 젖고 그을음으로 얼굴이 새까매진 소방대원이 튕기듯 도로로 나왔다. 화재 현장을 몇 번 보긴 했지만 이처럼 처참한 대원의 모습을 목격한 것은 처음이었다. 소방복은 잔뜩 물을 머금었고 전신에 그을음과 먼지를 뒤집어쓰고 있었다. 헬멧 아래로 충혈된 눈을 뜨고 거친 숨을 몰아쉬는 그 소방관에게서 나는 눈을 뗄 수가 없었다.

힘든 일이라고 생각했다. 소방이라는 일이 힘들다는 의미가

나를 닮은 사람

아니다. 살아간다는 것이 눈물겹게 힘든 일이라 생각한 것이다. 죽는 것도 힘들지만 살아가는 것은 더욱 힘들다.

그 주말 여느 때와 다름없이 아키하바라의 회사에서 일하고 있는데 병원에서 전화가 걸려왔다. 아버지 용태에 변화가 있으니 급히 병원으로 와달라는 말과 함께, 필요하다면 친척들에게도 연락을 취하라는 것이었다. 나는 올 것이 왔구나, 생각했다.

"아버지가 위독한 모양이야. 병원에 다녀올게" 하고 회사 사람들에게 말한 뒤 병원으로 향했다.

병원에 도착하니 아버지 주위를 의사와 스태프가 빙 둘러싸고 있었다.

"어떻습니까?" 하고 물으니

"혈중 이산화탄소 수치가 떨어지지 않지만 심박은 돌아왔습니다. 당분간 상황을 지켜보도록 하죠"라고 대답했다. 그 외에는 달리 방법이 없다는 설명이었다.

"괴로운 듯 보이실지 모르겠습니다만 산소는 충분하니 본인이 힘드시지는 않습니다"라는 의사 말에 의지하기로 했다.

어머니는 친척이 모두 지켜보는 가운데 점점 호흡이 거칠어지더니 마지막에 한숨을 한 번 몰아쉬고 그대로 움직이지 않으셨다. 그 모습이 영상처럼 되살아났다.

상태를 지켜보는 동안 아내와 동생이 달려오고, 큰이모와 그 장남이 헐레벌떡 들어왔다. 우리는 어찌할 도리가 없이 최후의 순간을 기다렸다.

아버지는 산소마스크를 쓰고 링거액과 바이털 측정 튜브를 매단 채 죽은 듯 잠들어 있다. 거친 호흡 소리만 병실에 울려 퍼졌다.

1시간 남짓 무언의 시간이 경과했다. 그러자 갑자기 놀랄 만한 일이 일어났다. 아버지가 갑자기 뭔가 중얼거리기 시작한 것이다.

나는 엉겁결에 웃음이 터져버렸다. 나를 따라 친척들도 모두 웃는 얼굴이 되었다. 회복돼서 다행이라는 안도감과 죽음을 대면하는 마음의 준비가 이런 식으로 얼버무려진 데 대한 어색함이 혼재된 웃음이었다.

나는 제임스 조이스의 난해한 소설 《피네간의 경야Finnegans Wake》를 떠올렸다. 벽돌공 피네간이 지붕에서 떨어져 죽은 날 밤을 지새우는 술자리에서 벌어지는 소동을 관 속에서 듣고 있다가 되살아난다는 아일랜드의 전설을 모티브로 하고 있다.

이 소설은 여러 가지 해석이 가능한 구조인 데다 지독하게 난

해해 독해가 극도로 까다로운데 대학 1학년 때 일반교양 수업으로 작품의 해설을 들은 적이 있다. 그 인상이 너무 강렬해서 이후 조이스는 내 안에서 경외의 대상이 되었다.

위키피디아에 따르면 'Wake'는 게일어로 '경야', 영어로는 '각성', '항적航跡'의 의미가 있다고 한다. 아버지도 섬망 속에서 그의 인생의 항적을 한 바퀴 돌아 사바세계로 되돌아오신 것인지 모른다.

"돌아오셨어."

나는 마음속으로 중얼거렸다.

4월 29일(금) 16:14

아버지 용태에 변화가 있다는 전화가 병원에서 걸려왔다. 달리 방법이 없다는 설명을 듣고 얼마간 아내와 지켜보았는데 다시 회복되셨다. 철심같이 강인한 근성이다.

최후의 등반

이미 죽음은 목전에 와 있었다. 아니, 죽음의 심연을 헤매고 있다는 편이 적절할 것이다. 그럼에도 아버지는 되돌아온 것이다. 지난번 입원에서 회복되었을 때 "죽는 꿈을 봤다", "아직 좀 더 살아 있어도 되는 모양이오"라는 말씀을 하시더니 역시 이 사바세계에 집착이 남은 것일까.

아버지를 보고 있으면 이미 그런 집착은 사라진 듯 보인다. 다만 아버지 본인도 알지 못하는 생명체의 본성이 이번 '귀환'의 의미였는지 모른다. 살아가는 것의 본성, 즉 자연은 아버지의 의향엔 철저히 무관심하며, 자연의 법칙대로 움직인다.

일단 각오는 하였으나, 죽음의 심연에서 되돌아온 아버지를 보니 그 각오를 어찌해야 할지 당황스러웠다. 위기를 피했다는 안도감과 동시에 종지부를 찍고 싶은 마음이 어딘가 있었을지도 모른다.

이후로 다시 한 번 집과 회사와 병원을 왕래하면서 식사 준비, 세탁의 나날을 감내할 에너지를 충전해두어야 한다. 일단 그날은 집에 돌아가 아버지의 빨래를 세탁하고 다음 날로 닥쳐온 대학원 첫 강의를 준비했다. 4월부터 대학원에서 강의를 하기로 했지만 대지진으로 휴교가 이어져 4월도 종반에 접어든 것이다.

대학원 강의는 내게 신선한 경험이었다. 회사와 병원을 오가던 일상생활과는 전혀 다른 광대한 공간이 펼쳐졌다.

기독교 선교사가 세운, 담쟁이덩굴이 휘감고 있는 대학 교문을 들어서면 그곳에는 속세의 잡다한 번민에서 해방된 별세계가 펼쳐진 듯 느껴졌다. 젊은 학생들의 수다를 가르며 나는 교실로 걸어갔다. 뭔가가 새롭게 시작되는 기분으로 강의실 문을 열었다. 교단에 서서 인사를 하고 분필로 내 이름을 썼다.

5월이 되자 거리 풍경도 밝아진 듯 느껴졌다. 아직 대지진으로 인한 복구는 전혀 손도 대지 못한 채 원자력발전소의 사고도 어떻게 될지 예측할 수 없는 상태였으나 그럼에도 거리에는 5월의 바람이 불고 하늘은 더할 나위 없이 푸르게 빛났다. 병원으로 향하는 차 안의 텔레비전에서 빈 라덴의 살해 뉴스가 전해졌다.

지난 1년간 가장 가까운 사람을 비롯해 '죽음'의 뉴스만이 내 주위에 넘쳐났다. 그리고 이렇게까지 '죽음'에 대해 깊이 생각한 것은 60년 평생에 처음이다.

인간이라는 존재는 살아 있는 동안 얼마나 '죽음'을 봐야 하는가. 이렇게 많은 '죽음'을 접하는 것은 얼마나 의미가 있을까.

산다는 것은 '죽음'을 망각하는 것일지 모른다. 만약 늘 '죽음'을 생각한다면 인간은 그렇게 밝게 웃거나, 열심히 일에 매진하거나, 축재하거나, 노력할 수 없을지 모른다. 우리가 살 수 있는 것은 자신이 언젠가 사라진다는 사실을 망각하는 재능을 갖고 있기 때문인지 모른다.

아니, 인간 이외의 모든 생물은 자신이 사멸하는 존재라는 사실에 대해 애초에 인식하지 못한다. 인간만이 '죽음을 생각'할 수 있다. 따라서 인간만이 죽은 자를 애도할 수 있다.

5월 8일은 어머니날(아버지날은 6월 셋째 주 일요일 - 옮긴이)이었다.

청량한 푸른 하늘이 펼쳐졌다. 평소보다 일찍 병원에서 돌아와 슈퍼마켓에 들러 튀김을 샀다. 양배추와 비엔나소시지를 볶고, 계란말이를 하고, 고추냉이절임과 해초된장국을 만들었다. 나로서는 호화스러운 점심이었다.

어머니 불단에 밥을 공양하고 두 손 모아 합장했다.

"이제 얼마 안 있어 아버지가 가요" 하고 소리 내어 말했다.

봄날 보드라운 빗속에

아버지는 돌아왔다

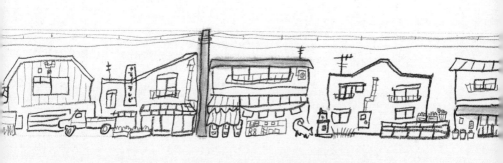

홀로 감내한다는 것

위독한 상태에서 회복된 뒤 아버지는 비교적 안정적이었다.

안정이라 해도 증상이 개선된 것은 아니다. 극적인 호전을 기대하기 어려운 아버지 같은 노인에게 안정이란 어제와 오늘이 그리 다르지 않다는 것이지만, 그것만으로도 충분하다고 받아들이지 않으면 안 된다. 지독한 섬망 상태는 여전하였고, 침대에 묶인 채 링거액과 계측 튜브를 단 상태의 안정이다.

나는 언제부터인가 더 이상 아버지가 회복되긴 힘들다고 체념하였다. 너무나 달갑지 않은 이 예감은 1개월 후에 현실이 되었으나 그때는 언제 닥칠지에 대해서는 전혀 안중에 없었다.

체념이란 장래에 관여하려는 마음을 버리는 것인지 모른다. 될 대로 되라 할 수밖에 없고, 될 대로 되면 그만이라 생각하는 것이다. 체념에는 비애가 잠재되어 있지만 공허한 희망을 품으며 절망하는 것보다 낫다.

해부학자 요로 다케시가 말한 "인간의 사망률은 100퍼센트"라는 유명한 명언을 돌이켜보건대 사망률 100퍼센트란 죽음이 가능성이 아니고 자연 그 자체의 실상이라는 의미다. 인간에게 있어 가장 공허한 희망은 불로불사이며, 지속적으로 성장하리라는 생에 대한 집착이 이 공허한 희망의 불쏘시개가 될 것이다.

어른이 된다는 것은 희망과 현실의 차이에 대해 부감할 수 있는 경험치를 세월을 통해 획득했다는 것이며, 현실을 현실로 수용할 수 있게 되었다는 의미일 것이다. 이때 보이지 않는 미래를 향해 기투企投(실존주의적 개념, 죽음에 대한 자각을 바탕으로 현재를 초월해 미래로 자신을 창조해나가는 시도 – 옮긴이)하며 살아온 자는 확실한 '100퍼센트의 죽음'에서 역산해서 현재 날들의 무게를 측량한다. 그리하여 죽음을 완만하게 몸 안에 받아들이는 것이다. 기대와 희망으로 속임을 당한 듯한 금융과 소비의 시대란 어른이 되기를 거부한 아이들만이 거리에 넘쳐나는 시대를 의미한다.

5월에는 회사 사무실 이전이 있고, 새로 시작한 대학원 강의 준비로 바쁜 나날이 계속되었다. 그래도 병원엔 거의 매일 빠짐없이 얼굴을 내밀었지만 더 이상 아버지와 대화다운 대화는 불가능했다. 사실 더 이상 대화가 필요 없었는지도 모른다.

나는 침대 옆에 의자를 끌어당겨 책을 읽거나 노트북을 열어 가지고 온 일을 처리하면서 간간이 아버지에게 어디 아픈 곳은 없는지, 필요한 것이 뭔지 물었다. 물론 대답은 없었다. 아니, 대답이 전혀 없는 것은 아니지만 그 대부분은 나의 질문과 완전히 다른 종잡을 수 없는 반응만 돌아올 뿐이었다.

섬망이라는 상태가 어째서 중증의 환자에게 찾아오는가에 대해 나는 이미 나름으로 이해한 바 있다. 처음엔 섬망을 일종의 도피 기제로 받아들였으나 실은 가장 자연스러운 신체 기능이라 생각하게 되었다.

인간이 살아가기 위해서는 처리해야 할 수많은 장해와 고통이 있다. 더 정확하게 말하면 이들 장해와 고통을 더 이상 처리하지 못할 때 사람은 죽는 것이며, 처리한다는 것은 살아 있다는 의미다.

장해와 고통의 처리에는 두 가지 방법이 있다. 하나는 이들을 노력과 약품으로 육체 밖으로 방출하는 것이다. 우리의 내장은 본디 이 같은 기능을 갖추고 있다.

또 하나의 방법은 육체가 장해와 고통을 느끼지 않게 만드는 것이다. 비유적으로 말하면 구개口蓋에 맞춰 틀니를 만드는 것이 아니라 틀니에 구개를 맞추는 것이다. 실제로 이런 능력이 신체의 저 깊은 곳에 선천적으로 갖춰져 있음은 틀니를 써본 사람이라면 누구나 공감할 것이다. 처음엔 부자연스럽던 입속의 이물이 어느새 아무런 느낌도 없는 신체의 일부가 되어간다.

섬망이란 신체적 혹은 정신적 고통에 대한 최종적인 방어 기제이자 생명체가 평형을 유지하는 최후의 방어선으로 애초부터 내재되어 있는 것이다. 만약 이 기능이 없다면 발광하거나 자살로 치닫는 것 외엔 도피할 방법이 없다.

5월의 마지막 날 동생이 센다이에서 상경했다.

어머니는 늘 이 동생을 마음에 두셨다. 나에 비해 고지식하다 싶을 정도로 성실하고 성격이 원만하다. 동생은 큰아들이 위독한 병으로 쓰러진 뒤 어려운 나날을 견디고 있다. 그 고통의 나날이 어느새 10년 가까이 접어들었다.

아버지의 경우 겉으로는 동생에게 무뚝뚝하게 대하신 듯하다. 그럼에도 병원에서 반나절 이상 아버지를 돌봐드리고 축 처진 어깨로 센다이로 돌아간 날 아버지는 돌연 '가여운 녀석'이라며 동생을 걱정하셨다. 동생의 처지를 두고 한 말인지, 아니면 멀리서 아버지를 보러 왔는데 기대에 부응하지 못한 것에 대한 말인지 알 수 없었으나, 여기에는 취직하자마자 곧바로 타향으로 떠나버려 동생을 충분히 돌봐주지 못했다는 자책이 포함되어 있는 듯 느껴졌다.

나는 아버지가 더 이상 오래지 않으리라는 사실을 동생에게 알리고 거실 텔레비전 앞에서 아버지의 사진을 함께 정리했다. 사진은 종이봉투와 빈 깡통 안에 담긴 채로 방 안 여기저기에 흩어져 있었다. 이것들을 주워 모으면서 건강할 때의 아버지 모습을 대면했다.

바로 몇 년 전까지 아버지는 늘 활기찼고 자치회 활동에도 열심이셨다. 사진의 대부분은 자치회 모임에서 찍은 것이고 단독으로 찍힌 사진은 한 장도 보이지 않았다. 웃고 계시는 사진이 필요해서 여기저기 찾아보니 작은 과자 상자가 눈에 띄었다. 그 안에 존엄사협회 회원증과 직접 고른 듯한 영정 사진이 들어 있었다. 자신에 대해 말을 아끼던 아버지가 남몰래 조용히 이런 준비를 해놓으셨구나 생각하니 아버지에 대해 아무것도 모르던 나 자신이 원망스러웠다.

아버지가 직접 고른 영정 사진은 이쪽을 보고 미소 짓고 계셨다. 나는 그 사진을 꺼내 별도로 고른 웃는 얼굴의 단체 사진과 함께 정리용 봉투에 넣었다.

그날 밤은 동생을 남겨두고 대학원 세미나 수업에 갔다.

대학원을 나와 집으로 가는 길에 식당에서 식사하면서 휴대전화를 보니 시인 시미즈 아키라가 타계했다는 글이 트위터에 올라왔다. 트윗을 올린 사람은 아키라의 형으로, 내가 존경하는 시인 가운데 한 분인 시미즈 데쓰오였다. 나는 허를 찔린 듯 멍하니 그 글을 바라보았다.

시미즈 아키라는 내가 학창 시절에 가장 공감하던 시인이었다. 시미즈 아키라의 시는 비장한 서정이 흘렀으며 이것은 당시 시대의 공기를 예민하게 반영한 것이었다. 그러나 시간은 이 보기 드문 시인을 엄청난 속도로 추월하였다. 시미즈 아키라는 침묵 뒤로 깊이 숨어버렸고 나도 그의 시를 읽거나 생각하는 일이 없어졌다. 그럼에도 몇 개의 시어와 시미즈 아키라의 이름은 나의 내부에 침전물처럼 남아 있었다.

향년 70세. 나보다 10세 연상이지만 왠지 동년배 정도로 느껴졌다.

20대 후반, 나는 우치다 다쓰루 등과 함께 만든 동인지를 그에게 보낸 적이 있었다. 며칠 후 시미즈 아키라로부터 한 장의 엽서가 왔다. 거기엔 힘 있는 필치의 글자가 두꺼운 파랑 잉크로 빽빽이 쓰여 있었다.

"여러분의 공동 작업은 신선하였습니다. 그러나 어디까지 단독을 감내할 수 있는지가 이후 여러분의 과제가 될 것입니다."

정확한 문장은 잊어버렸지만 그 엽서에는 이런 내용이 적혀 있었다. 이때 나는 '단독'이라는 말을 소중한 선물처럼 가슴 깊숙이 담아두었다.

친구도, 부모도, 자신이 속해 있는 사회도 중요하지만 최종적으로는 '단독'을 똑바로 대면하지 않으면 안 된다고 나는 스스로에게 다짐했다. 아니, '단독'을 감내하는 것을 배려하지 않는 '공동성' 따위는 초·중학교의 홈룸 같은 어설픈 것에 다름 아니라 생각한다. '단독'이 더할 나위 없이 소중하다는 것을 앎으로써 비로소 '공동'의 중요성이 몸에 배어드는 것이다. 나는 이 한 장의 엽서를 통해 '단독'을 감내하는 무게에 대해 큰 가르침을 받았다고 지금까지 굳게 생각하고 있다.

그는 이런 시를 쓴 바 있다.

생활의 수염을 깎는 명료한 아침
깨끗한 수건을 든 소년이
내 등 뒤에 조용히 서서
결코 뒤돌아보는 일 없는 늙은 나를

하염없이

기다리고 있다.

시미즈 아키라 '소년' 중에서

이 시에서 시미즈 아키라는 '늙은 나'인 동시에 '기다리고 있는 소년'이기도 하다.

아버지와 생활하는 동안 나는 자주 어린 시절을 떠올렸다. 공장 2층 방의 기둥에 포대기 끈으로 개처럼 묶여 아버지의 일이 끝나기를 내내 기다렸다. 계단 아래 공장에서는 아버지와 어머니가 매일매일 생쥐처럼 바지런히 일했다.

실제 이런 기억을 가지고 있는 것은 아니나 후에 양친이 들려준 가난하던 옛이야기 속에 몇 번이나 나온 광경이라 마치 본 듯이 생생하게 내 안에 자리 잡고 있다. 그 이미지 속에서 나는 기름을 잔뜩 뒤집어쓰고 생쥐처럼 일하는 아버지인 동시에 일이 끝나기를 기다리는 소년이기도 했다.

시미즈 아키라가 죽은 다음 날, 나의 아버지도 병원에서 조용히 숨을 거두셨다.

나를 닮은 사람

기일

6월 2일이 아버지의 기일이 되었다.

그날도 평상시와 다름없이 회사에서 컴퓨터로 서류를 작성하였다. 뜰에 나와 담배를 피우는데 휴대전화가 울렸다. 나는 뭔가 예감 같은 것을 느꼈다. 전화를 받으니 "상태가 불안정해지셨습니다"라는 말이 들렸다.

"많이 나쁩니까?"

"좋지는 않습니다. 지금 상황은 아직 버티시겠지만……."

"얼마나 버티시겠습니까?"

"그건 확실하게 말씀드리기가……."

"지금 바로 가는 것이 좋겠다는 말씀이군요."

"그렇습니다. 만나게 하고 싶은 분이 계시면 연락해두십시오."

사태는 생각한 것 이상으로 절박한 듯했다. 상대의 목소리로 판단하건대 일각도 지체할 수 없다는 것을 감지했다. "또 위독한 모양이다"는 말을 사원들에게 남기고 나는 서둘러 병원으로 향했다.

차를 운전하면서 이번엔 어려울 것 같다는 느낌이 들어 빨리 아버지의 얼굴이 보고 싶어졌다. 긴 섬망이 최후의 순간에 걷힐지 모른다. 뭔가 마지막으로 나에게 하고 싶은 말이 있지 않을까.

지금까지 매일 병원을 다녔으나 아버지가 보고 싶다고 생각해 본 적은 거의 없었다. 자식으로서 의무적으로, 또는 그곳에 아픈 아버지가 있기 때문에 어쨌든 병원에 갈 필요가 있다는 정도의 마음가짐이었다. 그러나 드디어 임종의 순간이라 생각하니 숨을 거두시기 전에 다시 한 번 아버지의 얼굴을 봐두고 싶어졌다.

병원에 도착해서 서둘러 출입 수속을 하고 엘리베이터로 갔다. 이 병원의 엘리베이터는 항상 혼잡하고 기다리는 일이 많았다. 설상가상 원전 사고의 영향으로 전력 절약 차원에서 두 대가 작동되지 않았다.

엘리베이터 홀에 사람들이 넘쳐날 즈음 엘리베이터 문이 열렸다. 실제로는 그렇게 오랜 시간이 아니었으련만 그때는 꽤 긴 시간처럼 느껴졌다. 엘리베이터는 각 층마다 정지하면서 천천히 병실이 있는 층까지 올라갔다.

나는 엘리베이터에서 내리자마자 빠른 걸음으로 병실로 향했다. 복도 중간에서 신세를 지고 있는 간병인을 만났지만 어떻게 말을 붙여야 할지 몰라 주저주저하다 그대로 지나쳐버렸다.

병실 문을 여니 아버지가 침대 위에 평소처럼 누워 계셨다.

오후 햇살이 창문에 비쳐 들어왔지만 그것이 빛과 그림자의

콘트라스트를 더욱 강하게 만들어 평소보다 방이 더 어둡게 느껴졌다.

그것 말고는 평상시와 똑같은 병실 풍경이었다.

아버지도 늘 그렇듯 그곳에 잠들어 계셨다.

평소와 다른 것은 아버지의 얼굴에 천이 덮인 것뿐이었다.

그런 것인가 하고 나는 생각했다. 1년 반 동안 간호했건만 내가 가장 필요할 때 나는 없는 것인가.

가장 만나고 싶을 때는 만나지 못하고, 가장 필요할 말은 결국 건네지 못하는 것이 인간사일지 모른다. 생각대로 되는 세상은 어디에도 존재하지 않는다. 시작의 신호도, 끝남을 알리는 마침표도 나오지 않는다. 늘 갑작스레 시작되고 허공에 매달린 상태에서 돌연 종지부가 찍힌다. 인생은 영화 같은 것도 아니고 하물며 몇 번이고 반복할 수 있는 게임 같은 것도 아니다.

한 노인이 병실에서 숨을 거두어도 병실 밖에서는 매일매일 똑같은 일이 반복되고, 평소와 다름없는 미소와 낙담이 있다. 길 위에는 자동차가 오가고 지하철역으로 인파가 밀려든다. 그리고 병원 뜰에는 6월의 식물이 병실의 일 따위와는 상관없이 무성함을 더한다.

나를 닮은 사람

나는 천을 벗기고 아버지 얼굴을 차근차근 들여다보았다. 임종을 곁에서 지키지 못한 것이 다소 애통했으나 설령 곁에 내가 있었다 해도 알지 못했을 것이라 생각한다.

"힘드셨나요?"

"하지만 이제 더 이상 힘들지 않아도 되잖아요."

"이제 드디어 집에 돌아갈 수 있어요."

"느긋하게 목욕이나 하세요."

말로는 하지 않았지만 이런 생각을 절절이 곱씹으며 앞으로 볼 수 없는 아버지의 얼굴을 바라보았다. 고통에서 해방된 아버지의 얼굴은 마치 다른 사람의 얼굴처럼 서먹했다. 사람들에게 많이 닮았다는 소리를 듣던 아버지의 얼굴이 타인처럼 눈을 감고 있다.

잠시 후 의료진이 들어왔다. "고통스럽지는 않으셨습니다" 하고 말해주었다. 연명 처치는 하지 말라고 말을 해놓아서 의사들도 지켜보는 일 외에는 할 일이 없었을 것이다.

나는 일가친척에게 전화를 걸어 조금 전 아버지가 숨을 거두셨다, 장례식 등에 관해서는 추후 연락하겠다고 알렸다. 조금 있으니 동생과 제수씨, 구가하라에 사시는 큰이모 모자가 달려왔다. 의사의 설명을 듣고 시신을 깨끗이 닦아드리고 드라이아이스로 수습하는 작업을 하는 동안 대합실에서 대기하였다.

기다리는 동안 간병의 시간이 떠올랐다.

최선을 다했다는 마음도 없고, 아쉬움이 남는다는 참담함도 없었다.

단지 욕탕에 들어가 눈을 감고 있는 아버지의 모습과, 옷을 입힐 때 떨던 작고 왜소한 몸과, 약을 받아먹을 때 입을 벌리고 기다리던 얼굴이 먼 옛날 일처럼 떠올랐다가 사라졌다.

재차 친척들을 불러 모아 시신과 함께 지하 영안실로 향했다. 이후부터 아버지의 뒤처리는 장례 회사에서 맡아서 하게 된다. 우리들은 영안실 벤치에 앉아 장례 회사의 차가 오기를 기다렸다.

나는 병원 뒤뜰로 나가 담뱃불을 붙였다.

6월의 부드러운 습기를 머금은 밤공기 속에서 긴 간병의 나날이 끝났음을 곱씹었다.

실같이 가는 비가 내렸다.

그 빗속으로 시신을 실은 차가 아버지가 살던 집을 향해 달렸다.

나를 닮은 사람

아버지의 귀환

6월 2일(목) 23:59

아버지가 4개월 만에 집에 돌아왔다. 편안한 잠도 4개월 만이다. 오늘밤은 동생과 불침번을 선다. 1년 반에 걸친 남자 둘만의 생활은 즐거웠다. 많은 것을 배웠지만 마지막에 늙음이란 무엇인가를 사무치게 깨달았다.

아버지의 시신은 그가 잠들던 침대 위에 그대로 안치되었다. 나와 동생이 '불침번寝ずの番'을 서기로 하고 아내는 철야를 준비하기 위해 도도로키에 있는 집으로 돌아갔다.

'불침번'은 지금도 일부 지방에 남아 있는 망자를 애도하는 풍습으로, 돌아가신 뒤 화장할 때까지 향불이 꺼지지 않도록 자리를 지키는 것이다. 영화로도 나와 알려졌으나 오늘날 대도시에서는 거의 볼 수 없게 되었다. 과거엔 드라이아이스로 냉각하는 기술이 없었으므로 사자가 부패되면서 동반하는 냄새를 지우기 위해 향을 피운 모양이다. 물론 거기에는 사자를 외롭게 두지 않고, 사자를 애도하는 의미도 있다.

나와 동생은 얼마 동안 거실 테이블에 마주 앉아 병원에서 받은 서류를 훑고 간병 일기를 읽었다.

"목욕을 좋아하셨지" 하고 내가 말했다.

"그렇게 힘든 기색은 없으셨어" 하고 동생이 대답했다. 그리고 "지금까지 여러 가지로 고마웠습니다" 하고 덧붙였다.

아버지와 나 양쪽 모두에게 하는 말처럼 느껴졌다. 대화는 그 이상 이어지지 않았다.

아버지는 우리 형제 옆에서 조용히 잠들어 계셨다. 그것은 몇 년이나 경험하지 못한 편안하고 깊은 잠이었다. 아버지는 언젠가부터 이날을 기다리고 있었던 것이다.

결국, 하고 나는 생각했다.

결국, 아버지가 무엇을 느끼고, 무엇을 생각하셨는지 알지 못한다. 지금까지 써 내려온 것은 모두 간호하는 나의 눈으로 본 이야기일 뿐이다.

서랍 속에 작년 말 데이케어 센터에서 생신을 축하하면서 찍은 사진이 있었다. 직원들에 둘러싸인 채 한가운데 앉아 있는 아버지. 방에는 리본 사슬 장식이 달려 있고 직원들은 한껏 웃는 얼굴로 아버지를 에워쌌다.

커다란 케이크를 앞에 놓고 아버지가 이쪽을 응시하고 있다. 아버지 얼굴에는 웃음기가 없다. 한층 왜소해진 몸에 곤혹스러운 표정을 하고 있다.

나를 닮은 사람

분명히 곤혹스러워하고 있다. 병으로 쓰러지기까지 아버지는 다른 사람을 보살피는 일은 있어도 자신이 이런 상태가 되어 젊은 직원들에게 병자 취급 받는 것에는 익숙하지 않았다.

맨 처음 쓰러져 입원하던 병원을 퇴원하면서 더 이상 옛날로 돌아가지 못하리라는 것을 몸 저 깊은 곳에서 느꼈다. 그러나 그 상태를 수용한 것은 아니었다. 나날이 쇠퇴해가는 몸에 저항하면서 살았으나 언제부터인가 그런 노력도 버리고 말았다.

"힘내라, 힘내라고 하는데 최대한 힘내고 있는 거다."

아버지가 화가 난 듯 이렇게 중얼거린 적이 있다.

데이케어 센터의 직원들에 둘러싸여 아이 취급을 하는 듯한 생일 파티가 아버지는 마뜩잖았을지 모른다.

그러나 그것을 받아들이지 않으면 혼자서는 살아갈 수 없다는 것도 알고 있었다.

해결할 수 없는 문제를 앞에 두고 머리를 싸매는 어린아이였다. 그리고 늘 곤혹스러워했다. 그 곤혹스러움은 누구도 손을 내밀어줄 수 없는 종류의 곤혹스러움이었음에 틀림없다.

결국 아버지를 구한 것은 섬망과 죽음이었다.

그
후
의
일

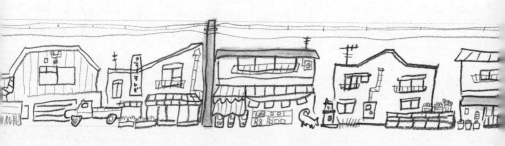

불단

장례식이 끝나고 나는 본가에 홀로 남는 처지가 되었다.

간병하는 데 사용하던 도구를 정리하고, 아버지 침대를 2층으로 옮기고, 플라스틱 수납장을 놓았다. 물건이 치워진 텅 빈 방 안에 앉아 있으니 간병하던 하루하루가 먼 옛일처럼 느껴졌다.

불단 위에는 두 장의 사진이 나란히 놓여 있다. 사진 속에서 아버지와 어머니는 온화한 미소로 이쪽을 바라보고 있다.

그 평온함 속에 잠겨 있으면 일순 내가 왜 이곳에 있을까 하는 이상한 기분에 사로잡혔다. 피로감은 없다. 해방감도 없다. 다만 내가 발을 딛고 있는 자리가 그렇게 확고한 것이 아니라는 감정이 차올랐다.

당분간 천천히 여행이라도 다녀오고 싶었으나 해야 할 일이 산더미처럼 밀려 있어 우선은 그것을 처리해야 했다.

관공서와 은행에 서류를 제출하는 일만으로도 여기저기 돌아다녀야 한다. 슬퍼하고 있을 틈이 어디 있느냐는 듯 끊임없이 일이 밀어닥쳤다. 우선은 은행에서 보험이나 연금이 자동이체로 빠져나가지 않도록 신고서를 제출해야 한다. 애당초 임시로 거주할 생각으로 본가로 옮겨온 것이라 전기, 가스, 수도부터 전화까지 공과금 납부자 명의와 아파트 관리인 명의, 주민자치회 통장 명의까지 온통 아버지 것이어서 이것들을 모두 바꿔야 했다.

상속 서류를 구비하는 것도 꽤 고생스러웠다. 상속인 인감증명에서 호적등본, 아버지 원적 등 한 번에 갖추기 힘든 서류를 떼러 사방으로 돌아다녀야 했다. 게다가 아버지가 돌아가시기까지의 소득 확정신고도 해야 한다. 인간의 생활은 그야말로 복잡다단하게 얽혀 있으며 경제적인 문제에 속박되어 있다는 사실을 뼈저리게 실감했다.

회사 일을 하는 틈틈이 시간을 짜내 이들 서류를 모으는 것만으로도 몇 주가 순식간에 지나갔다.

49재 납골까지 아버지의 유해는 본가에 있었다. 사람이 죽어도 그 혼이 바로 극락정토로 가는 것이 아닌 모양이다. 무슨 일이든 준비 기간이라는 것이 있다. 49일의 법요까지 7주는 혼이 현세에 이별을 고하고 정토에 가기 전의 기간이며, 그사이 아버지의 영혼 역시 본가의 이 방을 떠돈다고 한다.

나는 아버지의 침대가 있던 방을 정리해 조문객을 위한 임시 불단을 놓고 유골함과 위패를 모셨다. 어머니 불단은 북쪽에 모셨는데 탈상까지 아버지의 것은 가假위패라 어머니 위패를 모셔둔 불단에 올릴 수가 없다.

주말에는 주민자치회 관계자와 이전에 아버지 공장에서 일하시던 분들이 끊임없이 문상을 오셔서 향을 올리고 아버지 생전을 추억하셨다. 아버지 공장과 동종 업체인 N스프링의 사모님이 불단 앞에서 합장하며 "왜 돌아가셨어요. 너무 일찍 가셨어요"라며 유골을 향해 책망하던 모습이 인상적이었다. 그녀의 남편은 아버지와 같은 지역의 공장주 동료이자 경쟁 상대이기도 했으나 몇 년 전에 타계했다. 그녀 역시 주위의 지인들이 하나둘 사라지는 쓸쓸함을 견디고 있을 것이다.

어머니가 돌아가셨을 때도 그녀는 누구보다 먼저 달려와 향을 피워주었다. 그리고 손으로 쓴 편지를 묘 앞에 바치고 돌아갔다. 그때는 미처 알지 못하다가 나중에 편지를 발견하여 일독하고는 뭐라 말할 수 없는 적요감을 느낀 기억이 있다.

편지에는 정갈하게 단 몇 줄이 적혀 있었다.

"어찌할 수 없는 일이 많으나 어떻게든 된다, 어떻게든 된다."

이는 필시 그녀의 솔직한 감정의 표출일 것이다.

불단이 이처럼 산 자와 죽은 자가 대화하는 장소라는 것을 묘하게 이해하게 되었다.

납골

아버지의 49재는 무더위가 한창인 7월 18일, 보다이종菩提宗인 사이타마 현 관음사에서 거행되었다. 나와 아내, 동생, 세 사람은 한여름 뙤약볕이 이글이글 내리쬐는 스미다 강변 고속도로를 달려 어머니가 잠들어 계신 고향 묘지로 향했다.

어머니 납골할 때는 아직 공사 중이라 중간까지밖에 올라가지 못하던 도쿄 스카이 트리가 거의 완성된 형태로 여름 하늘로 치솟아 있다. 그것은 분명 번영의 상징 같은 건축물이나, 전방 왼쪽을 휘감아 흐르는 큰 강(스미다 강)의 풍경에선 단지 이물적인 것으로밖에 느껴지지 않았다.

인간은 이런 것을 만든다. 아니 만들지 않고는 못 배기는 생물이다.

나를 닮은 사람

다음 세대 사람들은 이 건축물을 당연하게 받아들일지 모른다. 그때는 나도 이 세상에 없을 것이다. 작가 세키카와 나쓰오의 말마따나 우리는 아주 조금밖에 앞으로 나가지 못한다.

얼마 안 있어 이 철탑은 휘황찬란한 조명으로 반짝일 것이다. 시간은 때로 빠르게, 때로 천천히, 그러나 가차 없이 흘러간다.

아버지와 간병 생활을 하던 1년 반, 내 안에서 시간은 정지해 있었다. 정확하게는 외부의 중립적인 시간과 별개의, 다양한 감정에 지배당한 농밀한 시간 속에 있었다고 해야 할지 모르겠다.

그것은 타인은 알지 못하는 극히 개인적인 시간이며, 그런 까닭에 절실한 시간이기도 했다. 그곳에서 무슨 일이 일어나든 아무도 돌아보지 않고, 세상엔 어떤 영향도 미치지 않는다. 그럼에도 세상은 이런 작은 시간의 집적에 다름 아니다. 이를 이해하기까지 인간은 많은 시간을 쓸데없이 낭비하고 고통스러운 경험을 쌓아야 한다.

매미 소리가 울려 퍼지는 절에서 독경과 분향이 끝나자 찾아오신 친·인척과 함께 가까이에 있는 무덤으로 향했다.

염천 더위 속에 납골이 진행되었다.

친·인척 일동은 연신 흐르는 땀을 손수건으로 닦으며 석공이

묘 뚜껑을 여는 모습을 지켜보았다. 묘석을 둘러싸고 서 있는 사람들의 광경이 마치 하늘에서 촬영한 영상처럼 느껴지는 기묘한 시간이었다.

묘 뚜껑 아래 작은 석실은 고요하였으며, 1년 반 전에 돌아가신 어머니의 유골함이 안치되어 있었다.

나는 아버지의 유골함을 어머니 옆에 놓았다.

이제 두 분이 나란히 고향으로 돌아갈 수 있다. 결국 두 사람은 이 땅에 태어나 도쿄에 땀방울을 뿌리고, 죽어서 다시 이 땅으로 돌아온 것이다.

묘석 아래서 두 분이 말로 다할 수 없는 대화를 하고 있는 듯 느껴졌다. 그것을 보고 있자니 문득 양친은 행복하셨다는 생각이 들었다.

화해

납골을 마치고 나는 아버지와 1년 반을 함께한 방으로 돌아왔다. 아버지의 침대가 놓여 있던 방을 정리하고, 임시로 만든 불단을 치우고, 어머니 위패를 모신 불단에 절에서 가져온 위패를 나란히 놓았다.

근대식으로 작게 만든 불단에 두 위패가 나란히 자리를 잡았다. 불단 위에 세워둔 양친의 사진을 보고 있으면 지금이라도 말을 걸어올 듯한 느낌이 들었다. 묘한 기분이다.

바로 2년 전까지만 해도 이 방은 잡동사니로 가득 찬 창고 같은 공간이었다. 어머니의 거동이 힘들어지자 그 잡동사니를 한쪽으로 치우고 두 개의 침대를 들여와 노인끼리 서로 돌볼 수 있도록 했다.

나는 간간이 본가에 들러 두 사람의 생명력이 고갈되어가는 모습을 지켜보았다. 어머니는 누누이 전화를 하셔서 본가에 자주 들러보라 채근하셨다. 지금 생각하면 그것은 구조 요청이었다.

한번은 본가를 방문했을 때 다다미 위에 방석을 깔고 두 분이 아무렇게나 누워 계신 광경을 목격한 적이 있다. 그때 어머니는 허리와 다리의 통증으로 장시간 서 있는 것이 고통스러우셨다.

아버지는 집 밖의 일엔 늘 웃는 얼굴로 솔선수범이셨지만 집 안에서는 어머니가 안 계시면 그저 대형 쓰레기 같은 존재셨다. 어머니가 뒹굴고 계시면 아버지도 지르퉁하니 뒹구시는 듯 보였다. 그것이 사실인지는 알 수 없지만, 필시 이는 두 분 모두 그저 어찌할 바를 몰랐기 때문일 것이다. 두 분이 나란히 존엄사협회 회원으로 가입한 것이 이 무렵인 듯하다.

어머니의 거듭된 구조 요청에도 불구하고 내 발걸음은 좀처럼 본가로 향하지 않았다. 나와 아버지 사이에는 몇십 년에 걸친 응어리가 있었다. 특별히 이것이다 하는 사건이 있었던 것은 아니지만 이야기를 하다 보면 늘 마지막엔 큰소리가 나오고 결국 두 사람 모두 입을 닫아버렸다. 나는 어느 시점에 정치 신조도, 사상도, 종교도, 생활 습관도 다른 아버지와 화해하는 것은 불가능하다고 체념해버렸다.

그러나 1년 반 함께 아버지와 생활하면서 이전에 용납할 수 없을 듯 여겨지던 일이 실은 하잘것없는 것이며, 사고방식도 성격도 둘이 꼭 닮았다는 것을 깨달았다.

부모 자식 간이니 닮은 것은 당연한 일인지 모른다. 닮았다는 이유로 근친 증오 같은 감정이 분출하였다고 할밖에 달리 설명할 길이 없다.

그것은 또한 쇼와시대와 헤이세이시대平成時代(1989년부터 현재에 이르는 일본의 연호 - 옮긴이)를 가르는 위화감과 상통하는 것이기도 하다.

"네가 하는 일이 뭔지 모르겠다"고 아버지는 자주 말씀하셨다.

그것은 지금의 시대가 잘 이해되지 않는다는 말과 같다.

양친은 어찌할 바를 몰랐던 것이다. 나는 어느 시점에 이렇게 생각하게 되었다. 그 순간 구조해드리지 않으면 안 된다는 마음이 함께 분출했다. 화해할 수 없다고 체념하던 관계가 미묘하게 변하기 시작했다.

유품

틈틈이 시간을 내 아버지의 유품 정리에 돌입했다.

내부 공사를 하면서 대부분 폐기 처분했지만 그럼에도 감사장, 지팡이, 안경, 손목시계, 넥타이핀 등이 서랍과 장롱 안에 남아 있었다. 각기 추억이 깃든 물건들이라 정리하는 간간이 손을 멈추고 아버지가 건강하시던 시절의 모습을 떠올렸다. 대부분이 잡동사니였지만 선뜻 쓰레기봉투에 버려지지 않았다.

대부분의 유품을 정리한 뒤 아직 뭔가 남아 있을지 몰라 2층 주민자치회 회합 장소로 쓰이던 방을 찾아보기로 했다. 그곳에는 예전 공장 사무실에 있던 것들이 쌓여 있었다. 연필, 연필깎이, 인감도장, 자 등이 사무용 책상 서랍 안에서 나왔다. 나무 상자 안에 몇 차례 사명을 바꾼 회사 도장이 들어 있었다.

〈주식회사 히라카와정밀〉, 〈주식회사 히라카와정밀프레스〉, 〈주식회사 히라카와정밀공업〉의 순서로 종업원이 늘었다가 점차 시대에 뒤처지듯 아버지와 그 형제 둘만의 작은 공장으로 돌아왔다.

사무 책상 안쪽에 패널 같은 것이 세워져 있었다. 대부분은 아버지가 생전에 받은 감사장이나 표창장을 액자에 끼운 것이다.

그 가장 깊숙한 곳에 아버지가 공장을 운영할 때 사용하던 켄트지 제도판이 있었다. 나는 허를 찔린 듯한 기분이 들었다. 이런 것이 남아 있으리라고는 전혀 생각지도 못했기 때문이다.

이 제도판이 생생히 활약하던 때가 기억에 남아 있다. 아버지는 발주처에서 받아온 청사진 도면의 네 귀퉁이를 종이테이프로 고정한 뒤 자, 이제 어떻게 요리해볼까 하는 표정을 지었다.

여기저기 기름때가 묻고 햇빛에 바래 적갈색으로 변색된 제도판 표면에는 도면을 고정하던 종이테이프가 누렇게 된 채 아직도 붙어 있었다. 표면의 때를 걸레로 몇 번 닦았지만 지워지지 않았다. 금형 직공이었던 아버지가 반세기에 걸쳐 애용하시던 제도판 표면에는 기름만이 아니라 땀과 체취까지 배어든 듯했다.

바로 얼마 전 지인 Y씨가 자신이 소장해온 책을 내게 넘겨주고 싶다고 했다. 그 역시 몇몇 회사의 사장을 겸임하고 있는데 일흔의 나이에 지병까지 있어서 신변을 정리하는 모양이었다.

미술 전집이며 《카무이 외전ヵムイ外伝》(시라토 산페이의 장편 만화. 쇼각칸 「빅코믹스」 전 21권, 제2부 20권에 걸친 대작. 2009년 최양일 감독에 의해 영화로 제작된 바 있다 - 옮긴이) 전권, 문학 전집 등을 상자로 몇 박스 보내왔다.

양이 꽤 많아 2층 서재에 올려놓으니 바닥이 무너질 우려가 있었다. 도도로키에 있는 집에도 본가 서재로 가져오고 싶은 책장 몇 개분의 책이 아직 남아 있지만 그것도 바닥 가중 초과를 걱정해 그대로 둔 참이다.

나는 일단 Y씨가 보내온 책만이라도 정리해야겠다 싶어 통신판매로 구입한 책장 두 개를 조립해서 아버지 침대가 있던 1층 방에 놓았다. 책까지 꽂으니 방 안 분위기가 완전히 달라져서 새로운 영혼이 들어온 듯했다.

나는 2층에 둔 소파를 이 방으로 내리고 의자를 놓아 응접실로 만들기로 했다. 응접실에 놓을 테이블이 없었다. 그래서 아버지의 유품인 제도판을 활용했다.

내가 생각한 것이지만 괜찮은 아이디어였다. 제도판에 다리 네 개를 달아 소파와 의자 사이에 놓으니 방 분위기에 딱 어울렸다.

그러고는 화가 친구와 저명한 화가 부부를 저녁 식사에 초대했다. 일본 화단(이라는 것이 있는지 단언할 수 없으나)에서 가장 장래가 촉망되는 야마구치 게이스케 부부와 중학교 시절 친구인 화가 이사카 요시오다.

이날은 아버지 간병 생활에서 익힌 특제 카레라이스를 대접했다. 샐러드도 만들어 역시 간병 중에 배운 특제 소스를 곁들였다. 프라이팬에 올리브유를 붓고 거기에 안초비 소스와 마늘 페이스트를 넣어 불에 볶기만 하면 되는 간단한 소스다. 이 뜨거운 소스를 샐러드에 부어 먹는 것이다.

손님들은 하나같이 맛있다, 맛있다 하면서 샐러드를 먹고 카레는 몇 그릇이나 추가했다. 그날 밤은 간병론에서 회화론까지 연신 이야기꽃이 만발하였다. 네 사람의 화기애애한 웃음소리가 방 안 가득 퍼졌다.

아버지가 1년 반 누워 계시던 병실이 응접실로 바뀌고 말소리와 웃음소리로 채워졌다.

한가운데 아버지가 반평생을 사용한 제도판이 있다.

멋진 풍경이었다.

뭐라 할 수 없는 행복감이 차올랐다.

본서를 마지막까지 읽어주셔서 진심으로 감사드립니다.

서두에도 언급했듯 본서는 아버지와 아들의 내면 갈등을 둘러싼 하나의 '이야기'입니다. '이야기'라는 의미는 이것이 객관적인 사실을 묘사한 르포나, 1인칭으로 개인의 내면을 이야기한 수기나, 노년에 관계된 논문과는 조금 다른 글이라는 의미입니다.

물론 본서 내용의 상당 부분은 실제로 제가 체험한 사실에 기반한 것이지만, 차이가 있다면 본서의 등장인물인 '나'와 '아버지'와 '어머니'가 자유롭게 말하는 형식으로 내용이 진행된다는 점입니다. 설령 그것이 대부분 실제였다 해도 말이지요.

처음 이가쿠쇼인醫學書院 출판사의 시라이시 마사아키 씨에게 집필 의뢰를 받고 적잖이 주저했습니다. 아버지가 돌아가시고 아직 몇 달밖에 지나지 않은 시점에 또다시 그의 발병부터 죽음에 이르기까지의 과정을 떠올리는 것이 아직 너무나 생생했고, 글을 쓰면서 다시 한 번 체험해야 하는 사실에 마음이 무거웠기 때문입니다. 게다가 그것은 대단히 개인적인 체험일 뿐이고, 잘 못하면 자신의 치부를 드러내는 노악취미露惡趣味에 빠질 위험성 이 다분한 사적인 생활 묘사를 과연 얼마나 많은 독자가 받아줄 까 하는 불안도 있었습니다.

그럼에도 마음이 움직인 데는 본서에 등장하는 친구이자 라 이브 카페를 운영하는 이시카와 시게키의 말이 큰 힘이 되었습 니다. 그간의 경험을 꼭 풀어내달라는 당부에 슬그머니 이를 실 현하고 싶은 마음이 한쪽에 싹터 어쨌든 시작해보겠다는 대답을 하고 말았습니다. 이시카와는 나보다 먼저 양친을 보내고, 심지 어 길고 어려운 간병 생활을 잘 이겨낸 친구입니다. 그런 이시카 와가 읽어보고 싶어 한다면 간병에 관한 이야기에는 역시 보편 적인 부분이 있겠다고 판단하였습니다.

그러나 막상 승낙해놓고는 이야기를 어떻게 풀어가야 좋을지 막막하였습니다. 역시 개인적인 이야기를 쓰는 것은 겸연쩍기도 하고, 자칫 자기 자랑이나 노악취미에 빠질 위험이 큰 데다 완전 히 자유롭게 보편적인 테마로 풀어내기가 쉽지 않았습니다.

몇 차례의 시행착오를 거쳐 이 '이야기'의 화자에 '저'가 아닌 '나'를 채용하면서 비로소 실마리를 찾기 시작했습니다. 편집자 인 시라이시 씨도 '나'를 통해 풀어나가는 것이 좋겠다고 동의해

주었습니다.

'나'는 분명 저의 분신임에 틀림없지만 나 자체라기보다 어디에서나 흔히 볼 수 있는 '우리' 가운데 한 사람이기도 합니다.

'나'의 기억 저편에서 불러온 추억의 단편은 애당초 본서를 쓰기까지는 계획 속에 존재하지 않던 것이며, '이야기'가 진행되는 과정에서 '나'라는 인물이 자유롭게 과거의 일상 속에서 선별해 낸 것입니다.

그것은 저 자신으로서도 특별한 체험이었습니다. 기억 너머에 잊히던 단편들이 '나'라는 필터를 통과하면서 차례차례 형체를 드러낸 것입니다. 그것을 읽어낼 수 있었던 것은 저로서도 대단히 기쁜 발견이어서, 덕분에 이 책을 쓰길 아주 잘했다고 생각하게 되었습니다.

지금 다시 읽어보면 '나'라는 인물이 모은 기억의 단편에는 실제 저의 체험과 얼마간 다른 성격이 부여되어 있습니다. 의도적이라기보다는 의식 깊은 곳의 기억을 꺼내 환기한다는 것은 누구든 어딘가에서 변질을 일으키고, 순역順逆을 자의적으로 헤아리며, 대소를 왜곡하는 일을 피할 수 없게 됩니다.

그런 기억의 재단이 저의 것이라면 부끄러움이 앞서겠지만 '나'의 재단이라면 허용되리라는 마음이었습니다.

그리하여 '이야기'를 써나가는 동안 제가 '나'에 빙의된 것인지 '나'가 저에 빙의된 것인지 헷갈리는 신기한 경험을 하게 되었습니다. 본서 안에는 몇 사람의 실명 인물이 등장하고, 저의 아내와 동생도 나옵니다만 각각에 대한 묘사도 '나'의 필터를 통한 인물상입니다.

저로서는 이 '이야기'가 간병을 하시는 많은 분이나 앞으로 간병에 직면해야 할 분들에게 얼마간 참고가 되길 바랍니다.

이 책은 이가쿠쇼인의 웹 매거진 「칸칸!」에 연재된 것을 대폭 고쳐 쓴 것입니다. 동일본 대지진과 원자력발전소 사고 후에 개인적인 '이야기'를 써줄 것을 권유하고 격려해주신 동 출판사의 시라이시 마사아키 씨에게 감사를 표하는 한편 연재 중에 글을 읽고 많은 공감과 지원의 목소리를 주신 독자 여러분에게도 고마운 마음을 표합니다.

여러분의 질문 가운데 어째서 혼자서 간병을 하게 되었는지, 아내가 자주 등장하지 않은 이유가 무엇인지 하는 것이 있었습니다. 그것에 대해 이 자리를 빌려 설명을 드리도록 하겠습니다.

아내의 명예를 위해서도 밝혀야 할 것입니다만 어머니가 쓰러지셨을 때는 아내가 여러모로 시중을 들어주었고 어머니도 그것을 매우 고마워하셨습니다. 아버지를 간병할 때도 반찬과 과일을 조달하고, 병실을 지키는 등 큰 힘이 되어주었습니다.

그러나 직접적으로 말하자면 간병에 관해서는 며느리가 시아버지의 대소변까지 받아내는 것이 어렵겠다는 판단으로 제가 홀로 본가에 들어가기로 한 것입니다. 오랜 세월 변변히 대화도 나누지 않던 제 입장에서도 이 시점에서 스스로에 대해 뭔가 수습하고 싶은 마음도 있었습니다. 또 장모님이 저의 아버지와 동갑인지라 돌봐줄 사람이 필요해서 아내는 장모님 간병에 전념하고, 저는 아버지를 보살피기로 하였습니다.

마지막으로 본서에 등장하는 국립국제의료연구센터병원의 미모리 부원장을 비롯해 병원 관계자 여러분, 친구 우치다 다쓰루, 이시카와 시게키를 비롯한 많은 친구에게도 감사의 말을 올립니다.

저에게도 큰 애착이 가는 한 권의 책이 완성되었습니다.

히라카와 가쓰미

"나의 굼뜬 성격은 필시 아버지에게 물려받았을 것이다. 일단 마음먹으면 철저하게 하지만 몸에 스위치가 켜지기까지가 늑장이다. (중략) 이번 일만큼은 더 빨랐으면 좋았으리라. 후회란 나와 무연한 것이라 여기며 살아왔으나 이번엔 빨리 서두를걸 하고 절실히 후회하였다."
(본문 중에서)

아주 사소한 듯했던 ─ 그러나 어딘가 서늘한 예감이 들었던 ─ 어머니의 입원을 계기로 '나'는 처음으로 '나와 닮은 사람'의 생활에 적극적으로 개입하기 시작한다. 그동안 팔순이 넘은 부모님만 외로이 남은 본가에 한 달에 한 번 잠시 얼굴을 내미는 것이 고작, 이마저도 형식적이고 건성이어서 집안에서 시한폭탄이 시시각각 돌고 있다는 사실을 철저하게 외면해왔다.
　'나'의 각성은 돌이켜보니 때늦었다는 후회로부터 시작된다.

저자 히라카와 가쓰미는 대학에서 기계공학을 전공했지만 친한 지인들과 번역 회사를 차려 번역 외에 일반 서적과 홍보물 제작 등 편집 업무에까지 발을 넓힌, 어찌 보면 특이한 이력의 소유자다. 실리콘밸리에 인큐베이팅 회사를 설립하기도 했고 현재는 커뮤니케이션 비즈니스를 하는 리눅스 카페의 대표로 재직 중이다. 더불어 《반전략적 비즈니스의 권유》, 《주식회사라는 병》, 《경제성장이라는 병》, 《이행기적 혼란-경제성장 신화의 종말》, 《소상인小商人에의 권유 - 경제성장에서 축소 균형의 시대로》, 《골목길에서 자본주의의 대안을 찾다》, 《소비를 그만두다》 등 주로 경제 관련 저서를 통해 출구를 잃은 자본주의 사회와 성장 지상주의 원칙을 꾸준히 비판해왔다.

《나를 닮은 사람》은 어찌 보면 그의 여러 전작이나 행보에서 매우 이례적인 사적인 에세이에 가까운 작품이라 할 수 있다. 그렇기 때문에 작가 자신도 내면적인 경험을 보편적인 이야기로 엮기 위해 매우 고심하였음을 고백하고 있다.

앞서 '나'의 뒤늦은 후회의 대목을 읽으면 동양에서 효를 논할 때 빠짐없이 언급되는 "자식이 효를 행하고자 하나 부모는 기다려주지 않는다子欲養而親不待"는 《논어》의 구절이 연상된다. 그러나 이 책은 전체를 통틀어 효라는 전통적 가치관을 한마디도 내비치지 않는다.

히라카와 씨는 독자들과 한 서점에서 가진 만남의 자리에서 《나를 닮은 사람》을 통해 '나는(우리들은) 도대체 어떤 존재인가'에 대해 확인해보고 싶었다는 말을 하였다. 어떤 것을 보고 살았고, 무얼 먹어왔으며, 어떻게 지금의 정체성이 형성되었나…….

분명 오랜 세월 융합하지 못하고 서로 반발만 했지만 결국 아버지라는 존재가 결코 헤어날 수 없는 구심점처럼 작용한다는 사실을 아들은 아버지의 죽음에 이르는 과정을 통해 깨닫는다. 이를 계기로 그동안 외부로만 머물렀던 시선을 다시 내부로 돌려 새롭게 자아를 성찰하며 실존적 자각을 하는 계기로 삼는다. 근친의 질병과 죽음에 이르는 시간의 고찰은 사춘기 이후 일직선으로 내달려온 아들의 삶에 중요한 '변곡점'을 만든다.

"설마 내가 아버지에 대해 애처롭다는 감정을 가지리라고는 생각지 못했지만 이때는 진심으로 애처롭다고 느꼈다. 이것은 부모와 자식의 위치가 서로 바뀌는 것이기도 했다. 누구나 인생의 어느 지점에서 부모와 자식의 관계가 역전된다는 사실과 조우한다. 예전엔 그 지점이 훨씬 이전이었다." (본문 중에서)

이 책은 부모와 자식의 관계를 다룬 일반적인 글에서 두드러지는 최루성이나 상투성을 배제한다. 또한 철저하게 실질적인 경험에 기반을 두고 극적 장치나 감정 역시 절제한다. 처음부터 마지막까지, 말하자면 어머니의 죽음에서 아버지의 죽음에 이르기까지 저자는 하드보일드한 감정과 문체로 일관한다.

이러한 작가의 태도는 아들에게 헌신했던 생전의 어머니를 그리워한 릴리 프랭키의 자전적 소설 《도쿄타워》나 어머니의 죽음을 통해 고단했던 재일 한국인의 뿌리를 되짚은 강상중 교수의 《어머니》나 아버지와 아들의 대립으로 신세대와 구세대의 갈등에 초점을 맞춘 이반 투르게네프의 《아버지와 아들》과도 완전히 성격을 달리한다.

회사가 끝나면 본가 근처 슈퍼마켓에 들러 저녁 찬거리를 사와 난생처음으로 음식을 만들고, 세탁을 하고, 아버지 목욕을 시켜드리고, 용변을 가리지 못하는 아버지를 수발하는 매일의 생활이 담담하게 이어진다. 남자 둘만의 폐쇄적인 생활이 1년 반 동안 지속된다.

그러나 이렇게 철저하게 사회와 유리된 듯한 생활에서도 히라카와 씨는 날로 깊어지는 노령화의 심각성, 인구 감소 위기, 세계 경제의 불안한 폭주, 원전 사고 등 사회 제반 문제를 직간접적으로 체감하며 이를 삶과 밀접한 단면으로 실증적으로 풀어낸다.

히라카와 씨는 아버지의 노화와 죽음을 단순히 한 생명의 '스러짐'이라는 단편적 문제로 축소하지 않고 소소한 사람들의 사건이 사회를 이루는 작은 퍼즐임을 환기시키며 더불어 중층적 시각에서 다양한 시사점을 제시한다. 덕분에 이 책은 단순히 감정만 자극하는 휘발성의 일회적 읽을거리가 아니라 두고두고 곱씹어 생각게 만드는 묵직한 무게를 갖는다.

그의 글은 매우 건조하고 심지어 딱딱하기까지 하지만 그런 태도가 오히려 독자들의 마음을 강하게 흔들었다.

간병 생활을 통해 드러나는 적나라한 아버지의 병세는 읽는 이들로 하여금 깊은 공감과 울림을 주었다. 평생을 공장 일과 주민자치회 봉사에 몸 바친 아버지가 아이처럼 입을 벌린 채 약을 떠먹여주길 기다리고, 대소변을 가리지 못해 타인의 손을 빌리지 않으면 연명조차 힘들고, 남들과 공유할 수 없는 자신만의 기억의 시간에 갇혀 살아간다.

저자와 출판사 모두 《나를 닮은 사람》의 초고가 이가쿠쇼인의 웹 매거진 「칸칸!」에 연재될 때부터 이미 독자들의 뜨거운 반응이 쇄도하였다고 전하였다.

나를 닮은 사람

책 출간 이후 일본의 대표적 인터넷 서점 아마존 등에도 독자들의 반응이 이어졌다.

"이 책을 읽고 나서 괴롭고 부담스러운 마음에서 해방되었다."

"부모님 간병으로 괴로운 것은 나뿐만이 아니구나. 이해할 수 없던 현상이 실은 노화의 자연스러운 일이었다."

"눈물이 멈추지 않았다."

"죽음에 대한 일고."

저자 히라카와 씨가 지적하듯 지금 당장은 이것이 아버지의 일이지만 누구나 겪었거나 앞으로 겪어야 할 일이며, 나아가서는 '나', '우리' 모두에게 닥칠 일이다. 철학자 하이데거는 "죽음으로 인간은 실존적 각성을 촉구받는다"고 했던가.

세상에 대한 모든 집착이 사라진 생의 말미에 "이제 지겹구나. 빨리 돌아가고 싶다"며 갑자기 아이처럼 소리 내어 우시던 아버지의 울음소리가 귓전에 내내 맴돈다.

너나 할 것 없이 '사망률 100%'를 예정하고 있는 우리 모두의 소중한 인생을 위하여!

박영준·송수영

옮긴이 **박영준**

중앙대학교 일어일문학과에서 문학박사 학위를 받았다. 인천대학교 일어일문과에서 초빙교수로 활동하며 중앙대학교 국문학과에서 문학박사 학위를 취득하였다. 예민한 감수성으로 일본 데카당스 문학을 대표하는 작가 다자이 오사무에 깊은 애정을 가지고 다수의 논문을 발표하였다. 2009년에는 다자이 오사무 탄생 100주년 기념 포럼에 한국 측 대표로 참석해 '다정한 인간, 다자이 오사무를 그리며'라는 강연을 한 바 있다. 현재 중앙대학교 다문화콘텐츠연구사업단에 연구교수로 재직 중이다.

옮긴이 **송수영**

대학과 대학원에서 일본 문학을 공부하였다. 여성 잡지로 사회에 첫발을 디딘 후 10여 년 전부터 여행 잡지를 만들면서 번역 작업에도 참여해왔다. 〈Friday〉〈Traveller〉〈여행스케치〉 등의 편집장을 거쳐 현재는 출판 업무와 전문 번역에 종사하고 있다. 저서로 〈어떻게든 될 거야, 오키나와에서는〉이 있으며 〈여행의 공간 1〉〈내 생애 최고의 여행〉〈고운초 이야기〉〈온다리쿠의 메갈로마니아〉〈어떻게 살면 행복해질까〉〈한 그릇 카페 밥〉〈캠핑 가서 뭐 먹지?〉 등 다수의 번역서가 있다.

나를 닮은 사람

초판 1쇄 발행 2015년 10월 15일

지은이 히라카와 가쓰미
일러스트 이자와 나오코
옮긴이 박영준·송수영
펴낸이 명혜정
펴낸곳 도서출판 이아소

등록번호 제311-2004-00014호
등록일자 2004년 4월 22일
주소 121-841 서울시 마포구 월드컵북로5나길 18 1012호
전화 (02)337-0446 **팩스** (02)337-0402

책값은 뒤표지에 있습니다.
ISBN 978-89-92131-97-1 03830
CIP제어번호: CIP2015024576

도서출판 이아소는 독자 여러분의 의견을 소중하게 생각합니다.
E-mail: iasobook@gmail.com